Dora Heldt

Siebenmeter für die Liebe
(spielen, aber nicht küssen!)

Dora Heldt, 1961 auf Sylt geboren, ist gelernte Buchhändlerin und lebt heute in Hamburg. Mit ihren Romanen führt sie seit Jahren die Bestsellerlisten an, die Bücher werden regelmäßig verfilmt. Weitere Informationen unter www.dora-heldt.de

Dora Heldt

Siebenmeter für die Liebe

(SPIELEN, ABER NICHT KÜSSEN!)

dtv

Weitere Titel von Dora Heldt: www.dtv.de

MIX
Papier aus verantwortungsvollen Quellen
FSC® C019821
FSC
www.fsc.org

Ungekürzte Ausgabe
2022 dtv Verlagsgesellschaft mbH & Co. KG, München

Umschlaggestaltung: Carolin Liepins
Satz: Greiner & Reichel, Köln
Gesetzt aus der Lucida
Druck und Bindung: Druckerei C.H.Beck, Nördlingen
Printed in Germany · ISBN 978-3-423-71911-7

Ich hasse Aufstehen

Plötzlich bin ich allein vor dem Tor. Ich springe höher, als ich je zuvor gesprungen bin, lege alle Kraft in den Wurf, sehe den Ball aufs Tor fliegen: rechter Innenpfosten, linker Innenpfosten, Netz. Das Siegtor. Gewonnen. Ja, ja, ja! Wir sind Weltmeister. Die Zuschauer in der Halle toben, trampeln mit den Füßen, der Schiedsrichter pfeift ab und pfeift und pfeift.

»Paula! Bist du taub?« Mit wenigen Schritten ist meine Mutter an meinem Bett und schlägt mit Schwung auf den Wecker. »Es klingelt seit zehn Minuten. Los jetzt, komm hoch, es ist gleich sieben Uhr.«

Ich bin immer noch im Siegestaumel und antworte nicht. Ihre Stimme ist jetzt ein Zimmer weiter. Ich lasse meine Augen zu.

»Anton. Aaanntooon.«

Mein kleiner Bruder hat anscheinend auch keinen Bock, sich aus seinen Träumen zu verabschieden. Leider ist meine Mutter zäh.

»Anton, hallo, aufwachen. Die Sonne scheint.«

Widerwillig mache ich die Augen auf und sehe mich um. Statt Tribünengesängen höre ich Antons Brummen, statt Trikot trage ich ein geringeltes T-Shirt und statt Weltmeister bin ich ein Handballtalent ohne Verein.

Seit zwei Wochen wohnen wir in Hamburg. Mein Vater ist jetzt irgendeine Art Chef in der Zentrale seiner Bank geworden, ich habe extra nicht genau hingehört, was er da nun soll, es ist mir auch total egal.

Weil mein Vater nun Karriere macht, muss die ganze Familie umziehen, 100 Kilometer zwischen Arbeitsplatz und Familie sind angeblich zu viel. Das sagt meine Mutter, die so tut, als wäre der Umzug das Beste, was uns allen passieren könnte. So ein Quatsch.

Ausgerechnet Hamburg! Ich habe tagelang im Internet gegoogelt, Hamburg ist in der Verbrechensstatistik ganz weit oben. Egal was, Morde, Diebstähle, Entführungen, Erpressungen; Hamburg ist immer dabei. Ich habe meinen Eltern mitgeteilt, in was für eine kriminelle Gegend sie uns verschieben wollen, mir wäre es ja egal, aber Anton, der freundliche und arglose Anton ist schließlich erst acht Jahre alt und somit doch eine ganz leichte Beute für jeden Verbrecher. Meine Eltern haben behauptet, das neue Haus liegt in einer sehr sicheren Gegend, ich sollte mir mal keine Sorgen machen. Gut, habe ich gesagt, dann will ich auch keine Heulerei, wenn Anton verschleppt wird. Ich sparte mir die Information, dass Dieter Bohlen ebenfalls in Hamburg wohnt, für später auf. Meine Mutter hasst ihn.

Meine Mutter steht wieder in meiner Tür. »So, Anton ist wach. Du liegst ja immer noch im Bett. Komm jetzt frühstücken!«

Sie verschwindet, ich setze mich auf und sehe Anton im Flur. Seine Haare sind völlig verstrubbelt, seine Brille sitzt schief. Er lächelt mich an. Wenn er dann mal aufgewacht ist, hat er sofort gute Laune. Er wird nur nie schnell wach.

»Guten Morgen, Paula.« Anton geht nach unten.

Ich glaube, er hat gar nicht mitbekommen, dass wir umgezogen sind. Ich muss ihm das noch mal deutlich machen. Er kann ruhig auch mal ein bisschen maulen.

Als ich in die Küche komme, kotzt Mr Bean gerade auf den kleinen neuen Küchenteppich. Meine Mutter stürzt sofort hin und versucht, mit der einen Hand den Kater wegzuschieben und mit der anderen den Teppich zu retten. Vergeblich. Mr Bean reihert in Ruhe zu Ende und springt danach auf die Fensterbank. Der Teppich ist wohl hin.

»Wer hat denn den Kater reingelassen?« Meine Mutter ist sauer und fixiert mich.

Ich streiche Mr Bean über den Kopf, er schnurrt und lässt sich auf die Seite fallen. »Man sollte Katzen nicht verpflanzen, sie ertragen keinen Ortswechsel und rächen sich auf ihre Weise. Sie vergeben das nie.«

Anton sieht mich mit großen Augen an. »Und du meinst, Mr Bean kotzt jetzt immer?«

»Anton. Bitte nicht solche Wörter.« Meine Mutter

schrubbt schlecht gelaunt auf dem Teppich rum. »Und du erzähl ihm nicht immer solchen Blödsinn. Solange Mr Bean sein Futter kriegt, ist es ihm egal, wo er wohnt.«

»Zu Hause hat er nie gekotzt.«

»Paula! Hier ist jetzt zu Hause. Und es heißt, er hat sich übergeben.«

»Wie auch immer. Katzen hassen Umzüge. Du wirst es noch erleben.«

Ich setze mich an den Tisch und warte. Ein Wunder, meine Mutter lässt mir das letzte Wort. Dann ist sie wirklich sauer. Aber es ist auch nicht einzusehen, dass Mr Bean seit zwei Wochen im Keller schlafen muss, bloß weil meine Mutter Angst um ihren neuen Parkettboden hat.

»Außerdem hat er gar nicht auf das Parkett gekotzt und …«

»Paula. Bitte.«

Der Fleck auf dem kleinen Teppich wird immer größer, die Stimme meiner Mutter klingt nicht so, als hätte sie Lust zu diskutieren. Ich gucke Anton an, der sich die Rückseite der Cornflakes-Packung durchliest, während er sich einen Löffel nach dem anderen in den Mund schiebt.

»Na, Anton? Wie findest du eigentlich die neue Schule?«

Meine Mutter stöhnt, dabei ist meine Stimme zuckersüß.

Anton sieht hoch. »Gut.«

»Besser als in Mackelstedt?«

»Noch nicht.«

Ich schaue meine Mutter an. »Anton hat auch Heimweh. Ellen hat mir gestern eine SMS geschickt, dass unser Haus immer noch leer steht. Wir könnten wieder zurück.«

Sie wirft die Papiertücher in den Abfalleimer und lässt sich auf einen Stuhl sinken.

»Paula, ich kann es nicht mehr hören. Ich bin als Kind dauernd umgezogen, da wirst du es wohl auch mal schaffen. Papa ist jetzt ein halbes Jahr entweder im Hotel oder auf der Autobahn gewesen, das ist doch kein Leben. Jetzt sind wir doch wenigstens wieder alle zusammen.«

»Na toll«, ich ziehe die Cornflakes vor Antons Nase weg, »und wo ist Papa jetzt?«

»Er musste heute früher anfangen. Ausnahmsweise. Wir haben uns gestern Abend übrigens mal die Hamburger Handballvereine aus dem Internet ausgedruckt. Es gibt jede Menge, es ist leicht, was zu finden.«

»Vergiss es.« Ich gieße die Milch mit so einem Schwung in die Schüssel, dass eine kleine Fontäne auf den Boden spritzt. Mr Bean springt sofort von der Fensterbank und erledigt das, unter dem genervten Blick meiner Mutter.

»Ich spiele nicht mit so Großstadtzicken.«

»Paula, du kannst dir doch wenigstens mal was ansehen.«

»Nein.« Ich schiebe die halb volle Schüssel zurück und stehe auf. »Entweder TuS Mackelstedt oder gar nichts. Ihr wolltet umziehen. Ich nicht. Und jetzt gehe ich in diese beknackte Schule, in der ich kein Schwein kenne.«

Meine Mutter sieht mir vom Küchenfenster aus hinterher, da bin ich sicher. Also lasse ich die Schultern hängen und gehe mit schleppendem Gang los. Sie kann ruhig ein schlechtes Gewissen kriegen.

Am Ende der Straße steigt ein großer Mann mit einer riesigen Sporttasche aus einem Auto. Er sieht von Weitem aus wie Heiner Brand, der Ex-Handballbundestrainer. Ich kneife die Augen zusammen und gehe ein bisschen schneller. Das wäre ja ein Hammer. Sicherheitshalber drehe ich mich noch mal zum Küchenfenster um. Nichts. Schultern hoch und los. Der Trainer geht auf einen Mann zu und gibt ihm die Hand. Ein Reporter? Der Tasche nach könnte es sein. Platz für Aufnahmegeräte und Fotoapparate. Ich bin noch nicht nah genug dran. Sie reden miteinander. Noch zwanzig Meter. Je näher ich komme, desto weniger sieht der Typ aus wie Heiner Brand. Er ist viel jünger, blonder und hat nicht mal einen Bart. Es war wohl doch nur die Sporttasche. Und die Größe. Na ja, aber ich habe *fast* den Ex-Bundestrainer gesehen. Er fährt weg, der andere bleibt stehen. Ich muss an ihm vorbei, grüße freundlich, sein Blick ist verwundert. An einer Ampel muss ich warten, Zeit genug, ihm einen Blick über die Schulter zuzuwerfen. Ich bilde mir ein, seine Stimme zu hören: »Warte mal, bist du nicht ...? Natürlich, ich erkenne dich, das ist doch Paula Hansen vom TuS Mackelstedt? Ich werde verrückt. Halt!«

Natürlich warte ich, schließlich ist die Ampel immer noch rot. Schon steht er neben mir.

»Die berühmte Paula Hansen. Ich bin Sportjournalist und ein riesiger Fan von dir. Ich habe alle Spiele von dir gesehen, ah, das 8 : 0 damals gegen Kiel, oder das 12 : 11 in der letzten Minute gegen Oldenburg, das waren Sternstunden des Frauenhandballs, aber was um alles in der Welt tust du hier?«

Ich lege beruhigend meine Hand auf seinen Arm und sehe ihn bezwingend an. »Das kann ich Ihnen nicht in zwei Minuten erklären, aber ich habe ein Problem. Sogar ein großes. Ich kann im Moment nicht spielen, so wie es aussieht, noch lange nicht. Man hält mich hier gefangen, fernab von Sporthallen und Handbällen.«

»Nein!« Der Reporter schreit es fast. »Das geht nicht. Du musst spielen! Ich werde dir helfen, ich habe Kontakte, warte ab, überlass alles uns. Wir holen dich zurück nach Mackelstedt.«

»Ich muss gehen.«

»Warte. Morgen früh, dieselbe Zeit, derselbe Ort.«

»Ja.« Ich brülle ihm die Antwort begeistert entgegen und knalle mit voller Wucht in einen Rücken. Mein Gesicht ist umgeben von rotem Haar. Wir springen im selben Moment auseinander und sehen uns erschrocken an.

Die gute Nachricht ist, dass ich sie kenne: Sie sitzt in der neuen Klasse neben mir.

Die schlechte Nachricht: Ich habe keine Ahnung, wie sie heißt. Janina, Jasmin, Julia?

Sie reibt sich das Kreuz, während sie mich verwirrt ansieht.

»Hallo Paula. Hast du mich nicht gesehen?« Sie ordnet ihren langen roten Pferdeschwanz, den ich bei der Kollision etwas durcheinandergewirbelt habe.

»Hallo, ähm, ich war mit den Gedanken woanders. Entschuldigung.«

Janinajasminjulia runzelt die Stirn. »Wohnst du hier in der Gegend?«

»Ja, da hinten, Sielstraße. Und du?«

Sie zeigt die Straße runter. »Über der Bäckerei. Die gehört meinen Eltern.« Sie lächelt schüchtern. »Also, wenn du mal Kuchen brauchst …«

Wir setzen uns langsam wieder in Bewegung. Wie heißt sie bloß noch? Ich habe einfach kein Namensgedächtnis.

»Ich finde es ziemlich schwierig, sich so viele neue Gesichter und Namen zu merken.«

Sie sieht mich mitleidig an. »Das kann ich mir vorstellen. Ich könnte das nie.«

Tja, ich auch nicht. Dabei hat sie mir am ersten Tag ihren Namen gesagt. Ich kann sie schlecht noch mal fragen. »Hast du eigentlich einen Spitznamen?«

Sie schüttelt den Kopf. »Nein, du?«

Klappt auch nicht.

»Nö. Aus Paula kann man ja nichts machen.«

»Das ist doch ein schöner Name. Ich finde den schöner als meinen.«

Nicht mal das kann ich beurteilen.

»Dein Name ist doch schön. Wenigstens schön kurz.«

Sie bleibt stehen und fragt irritiert: »Du findest Johanna schön kurz?«

»Na ja, jedenfalls nicht so richtig lang. Meine beste Freundin heißt Ellen-Andrea, das sind ja wohl ein paar Silben mehr.«

Manchmal bin ich selbst überrascht, was für ein Schwachsinn mir so einfällt.

Johanna zieht die Augenbrauen hoch, lächelt aber trotzdem. »Die lebt wahrscheinlich noch in dem Ort, wo ihr früher gewohnt habt, oder?«

Der Ort, in dem wir früher gewohnt haben …

»Ja. In Mackelstedt. Aber vielleicht ziehen wir da ja auch wieder hin. Mir hat es da viel besser gefallen und …«

Ich beiße mir auf die Lippe, weil ich plötzlich die Gesichter meiner Eltern vor mir sehe. Da gibt es so eine blöde Abmachung …

Wir hatten beim Essen mal wieder einen ziemlichen Krach. Ich habe nur erwähnt, dass meine ganze Klasse total bescheuert ist und dass ich davon überzeugt bin, in dieser Stadt unter die Räder zu kommen. Da wurde mein Vater richtig sauer. »Paula, jetzt hör endlich auf! Wir geben uns alle Mühe, es für euch so einfach wie möglich zu machen. Mackelstedt ist doch nicht aus der Welt, Ellen oder Ann-Kathrin oder Jana, was weiß ich, wer alles, kann uns doch am Wochenende oder in den Ferien besuchen. Deine Freundinnen finden Hamburg bestimmt klasse.«

Ich antwortete nicht, ich hätte sonst lügen müssen. Außer Ellen, die ganz meiner Meinung war, fand meine ganze Handball-Mannschaft Hamburg cool.

Mein Vater fuhr fort. »Pass auf, wir machen dir einen Vorschlag: Bemüh dich ein bisschen, such dir Freunde und einen Sportverein und lauf nicht ständig schlecht gelaunt und beleidigt durch die Gegend. Dann wirst du auch ganz schnell neue Freundinnen finden. Die Handballer vom HSV spielen doch in der Bundesliga. Wir können mal in die Halle gehen, wenn Heimspiele sind.«

Dazu sagte ich nichts, er sollte nicht glauben, ich würde so schnell umkippen. Aber die Color-Line-Arena wäre schon toll. Vielleicht könnten wir den THW Kiel sehen. Und alle Spieler in echt. Ich heftete meinen Blick auf meinen Teller und bemühte mich, gelangweilt zu klingen. »Können wir ja machen. Meinetwegen.« Ich schob die Pizzaränder an den Tellerrand. »Und das war jetzt der Vorschlag?«

Mein Vater seufzte und sah mich traurig an. Ich bekam ein schlechtes Gewissen. Meine Mutter angelte sich ein Stück Pizzarand von meinem Teller und aß es nachdenklich auf. Sie sah müde aus und ernährte sich jetzt auch noch von meinen Resten.

»Tut mir leid.«

Beide sahen mich ernst an.

»Ja, es tut mir echt leid, aber ich ... na ja, also ich kann ja mal gucken.«

Mehr konnten sie wirklich nicht von mir verlangen. Sie taten es auch nicht. Stattdessen verkündete mein Vater etwas Sensationelles: »Wir haben uns Folgendes überlegt: Wenn du jetzt über deinen Mackelstedter Schatten springst und dich wirklich bemühst, in Hamburg Fuß zu fassen, dann melden wir dich im Herbst zum Handball-Camp in Malente an.«

Er ignorierte mein Aufspringen. »Aber nur, wenn du dich wirklich anstrengst. Geh auf die anderen zu, sei nett, gib nicht an und sag bitte nie, in Mackelstedt war alles besser. Ist das ein Angebot?«

Ich sprang ihm regelrecht um den Hals. Ich würde so was von nett sein, dass es nur so krachte. Malente. Ein kleiner Ort mit einer großen Sportschule. Zehn Tage Handball-Training mit Bundesliga-Spielern und Super-Trainern. Sehr begehrt und sehr teuer. Und Paula Hansen bald mittendrin.

Und jetzt stehe ich hier nett mit Johanna und sage, dass es mir in Mackelstedt besser gefallen hat.

»Ich meine, ich kannte mich da besser aus, weißt du, ich verlaufe mich hier andauernd und ...«

Johanna sieht mich mitleidig an. »Das ist bestimmt ganz schön ungewohnt für dich. Wenn du willst, können wir jeden Morgen zusammen gehen, es ist ja derselbe Weg.«

Ich nicke erleichtert, sie ist ganz okay, sie findet mich nett, das ist doch schon ein großer Schritt in Richtung Malente.

Miss Wichtig und die anderen

Als wir in die Klasse kommen, verstummt sofort das Gespräch. Sie haben über mich geredet, zumindest glaube ich das. Nicht alle natürlich, aber dieser Pulk am Fenster. Sie stehen zu viert um ein großes, dünnes, langhaariges, blondes Mädchen herum. Sie ist mir gleich aufgefallen, als ich zum ersten Mal in die Klasse kam. Sie sitzt ganz hinten und wickelt sich dauernd die Haare um die Finger, während sie mit arrogantem Blick Kaugummi kaut. Außerdem ist sie immer geschminkt, blaue Augen, rosa Lipgloss. Barbie lässt grüßen. Ich hätte sie auf mindestens 15 geschätzt, vielleicht ist sie das ja auch, was bedeuten würde, dass sie mindestens zweimal sitzen geblieben ist. Das kann ich mir wieder vorstellen. Seit ich hier bin, hat sie nicht ein einziges Mal im Unterricht was gesagt. Dafür trägt sie bauchfreie T-Shirts und hat einen Rucksack in Pink. Aber anscheinend ist sie Miss Wichtig, sie hat ständig ihr Gefolge hinter sich und ignoriert mich, wenn sie mich nicht gerade blasiert mustert.

Johanna folgt meinem Blick und stößt mich an. »Sie hat tolle Haare, oder?«

Das blonde Gift hat sich die Spange aus dem Haar genommen und schüttelt die blonden Locken, die fast bis zur Taille fallen.

»Hm?«

»Na, Jette. Guck doch mal hin.« Johanna sieht sehnsüchtig auf Miss Wichtig, die genau merkt, dass wir hinstarren, und jetzt affektiert kichert. Ich erhebe meine Stimme. »Och, ich bin froh, dass ich keine Blondine bin. Dein Rot finde ich viel schöner.«

Zack. Blondies blaue Augen bohren sich in meine. Frost legt sich um uns. Ich denke an Malente und lächele sie an. Nett. Sehr nett. Die Klingel rettet mich, ich drehe mich zu meinem Tisch um. Betont langsam schiebt sich das Gift an mir vorbei, nicht ohne meine Tasche von der Lehne zu schubsen. Da ich den Reißverschluss nie schließe, entleert sich der gesamte Inhalt im Gang.

»Oh, sorry.« Sie haucht es mehr, als sie es sagt, nicht ohne auf meinen besten Tintenroller zu treten, der hörbar knackt. Aus der Ecke kommt ein Kichern, Miss Wichtig bleibt stehen und sieht auf Johanna und mich hinunter, wie wir in der Hockstellung mein Zeug aufsammeln.

»Das tut mir aber leid.«

Sehr langsam stopfe ich Hefte, Tempos, Bücher und die restlichen Stifte zurück in die Tasche und stehe noch langsamer auf. Johanna bleibt unten und findet noch meinen Radiergummi.

»Macht gar nichts. Kann ja passieren.«

Alles für zehn Tage Handball-Camp. Dabei wären mir richtig gute Antworten eingefallen. Aber ich soll mich bemühen. Und deshalb lächele ich schon wieder. Und setze mich an meinen Tisch.

»Johanna und Jette, bitte!« Frau Kruse unterrichtet Deutsch und Geschichte und steht bereits an der Tafel, von wo aus sie die Klasse beobachtet. »Was macht ihr denn da? Johanna, hast du jetzt alles?«

Johannas Gesicht ist gerötet, schnell lässt sie sich auf ihren Stuhl fallen. »Entschuldigung, wir haben Paulas Tasche runtergeworfen.«

»Wieso wir, das war …« Der Fuß trifft mich am Knöchel, ich unterdrücke einen Schmerzensschrei und gucke meine Sitznachbarin wütend an. »Bist du …?«

»Paula und Johanna! Können wir bitte anfangen? Im Buch, Seite 154.«

Während alle in ihren Büchern blättern, beuge ich mich zu Johanna und frage leise: »Was sollte das? Die Ziege hat meine Tasche doch extra runtergeschmissen. Wieso verteidigst du sie?«

Johanna behält Frau Kruse im Blick und flüstert: »Quatsch. Ich verteidige sie nicht.«

Nicht zu fassen! Die nette Johanna ist eine ängstliche Maus und Miss Jette Wichtig die Königin? Ich drehe mich zur letzten Reihe um. Jette hat ihr Wallehaar wieder in die Glitzerhaarspange gezwängt und lächelt mich zuckrig an. Ich lächele noch zuckriger zurück, nicht ohne mich darauf zu freuen, was mir so alles einfallen wird, *nachdem* ich in Malente war.

Wir sollen eine Kurzgeschichte schreiben, zum Thema ›Herbst‹. Das ist doch ein Zeichen, denke ich, nach den Ferien ist bald Herbst und dann kann sich Missis warm anziehen.

Nach dem Pausenklingeln folge ich Johanna in den Schulhof. Wir setzen uns mit unseren Broten auf eine Bank, die unter einer riesigen Trauerweide steht. Kurz danach kommt das Mädchen auf uns zu, das vor uns sitzt. Johanna sieht ihr entgegen.

»Hallo Frieda, soll ich rutschen?«

»Ja«, schwer atmend lässt sie sich fallen. Frieda hat kurze braune Haare, trägt eine kleine runde Brille und ist ziemlich pummelig. Sie hat so gar nichts von den Jettes und Vanessas dieser Welt. Die Hose ist zu kurz und zu eng, der braune Pullover sieht aus wie ein Sack und solche Schuhe trägt noch nicht mal meine Tante Ilse. Und das will was heißen.

Plötzlich merke ich, dass Frieda mich mit ihren klaren blauen Augen mustert. Sie weiß genau, was ich gerade gedacht habe, da bin ich mir sicher und merke, dass ich rot werde. Frieda hält ihren Blick auf mich gerichtet. »Und? Alles gesehen?«

Sie klingt weder beleidigt noch sauer. Ich huste verlegen und suche nach irgendeinem netten Satz, doch bevor er mir einfällt, wendet sich Frieda an Johanna. »Hast du vielleicht noch ein Brot übrig? Ich habe meins liegen gelassen.«

Ich strecke ihr sofort meine Dose entgegen. »Hier

bitte, nimm, mit Käse und Tomate, ich habe immer zu viel mit.«

»Danke.« Sie lächelt kurz und fängt an zu essen, vielleicht nimmt sie das als Entschuldigung an. Die beiden sitzen schweigend nebeneinander und kauen, eigentlich wollte ich von Johanna wissen, was das mit Jette sollte. Vielleicht geht es auf dem Nachhauseweg. Frieda schnippt sich ein paar Krümel von der Hose, was es auch nicht besser macht, und sieht mich wieder an. Sie hat richtig schöne Augen. Allerdings sieht man das nur, wenn sie ihre dicke Brille abnimmt, um sie zu putzen. So wie jetzt.

»Hast du dich schon eingelebt?«

»Ach, ich wohne ja erst zwei Wochen hier, das kann ich noch gar nicht richtig sagen. Ich muss mich erst an die ganzen neuen Lehrer und Schüler gewöhnen.«

»Wenn du irgendwo Probleme hast, kannst du ja Bescheid sagen.« Sie klappt die Brotdose wieder zu und gibt sie mir. »Ich kann dir dann helfen.«

»Was für Probleme meinst du?«

Ich kann sie ja bitten, Jette zu verprügeln. Bevor ich den Gedanken zu Ende denken kann, mischt sich Johanna ein.

»Frieda ist die Klassenbeste. Sie hat mir im letzten Schuljahr meine Mathezensur gerettet. Und sie ist überall so gut.«

Frieda grinst ein bisschen schief und kratzt sich am Kopf. »Na ja, bis auf Sport. Da muss ich mir langsam mal was ausdenken.«

Ich betrachte sie erneut, diesmal unauffälliger. Sie ist wirklich ziemlich dick, sportlich sieht sie nicht gerade aus. Trotzdem frage ich betont harmlos: »Wieso? Magst du keinen Sport?«

Johanna dreht sich weg, Frieda winkt frustriert ab. »Ich hasse diesen Sportunterricht. Entweder machen wir Geräteturnen oder Leichtathletik. Kannst du dir vorstellen, wie ich auf einem Schwebebalken hänge? Oder am Stufenbarren? Und ich kriege schon Seitenstechen, wenn ich den Sportplatz nur sehe, Laufen und Weitsprung kann ich genauso wenig.«

In Mackelstedt haben wir in jeder Stunde etwas anderes gemacht, Svenja Petersen hat auch mit uns Handball gespielt. Sie ist eine tolle Sportlehrerin. Aber ich soll nicht von der alten Schule schwärmen, Malente ist das Zauberwort. Also schiebe ich meine Gedanken beiseite und antworte: »Geräteturnen kann ich auch nicht leiden.«

Frieda guckt mich verzweifelt an. »Aber ich habe eine Fünf in Sport. Und wenn ich die nicht wegbekomme, darf ich nicht Geige lernen.«

»Geige?«

»Frieda ist auch noch supermusikalisch.« Johanna sieht sie mitleidig an. »Sie spielt schon Flöte und Klavier und Herr Gross, unser Musiklehrer, hat ihr jetzt vorgeschlagen, noch Geigenunterricht zu nehmen. Das will sie jetzt unbedingt und …«

»Mein Vater spielt Tennis und rudert und kann nicht verstehen, dass er so ein dickes, unsportliches Kind hat.« Frieda seufzt. »Und deshalb hat er beschlossen, dass ich nur zur Musikschule darf, wenn ich eine Drei in Sport kriege. Das schaffe ich nie.«

Da hat sie ein echtes Problem, das sehe ich ein.

»Macht dir denn keine Sportart Spaß?«

Sie zieht eine Grimasse. »Außer Turnen und dieser blöden Leichtathletik haben wir ja noch nie was anderes gemacht. Vielleicht mal Völkerball, aber das ist doch auch bescheuert.«

Johanna sieht auf die Uhr und steht auf. »Es klingelt gleich. Aber warte doch mal ab, wir kriegen doch einen neuen Sportlehrer, vielleicht ist der ja besser als die blöde Grabowski. Unsere alte Lehrerin ist nämlich an eine andere Schule gegangen, die war echt furchtbar.«

Es klingelt und Frieda quält sich hoch. »Ich habe keine große Hoffnung. Er wird ja kaum mit uns Schach spielen, da könnte ich vielleicht was machen, aber sonst ...«

Wir gehen langsam in die Klasse zurück und ich überlege, wie ich Nachhilfe in Sport geben könnte. Immerhin habe ich jede Menge guter Vorsätze.

Nach Schulschluss mache ich mich wieder gemeinsam mit Johanna auf den Weg. Sie ist zwar ganz anders als Ellen, aber irgendwie okay. Und vielleicht ist sie bloß anfangs so schüchtern.

»Hast du eigentlich Geschwister?«

Johanna nickt. »Einen Bruder. Julius. Er ist zwei Jahre älter. Und du?«

»Auch einen Bruder, aber vier Jahre jünger. Ich hätte viel lieber einen älteren.«

»Och, so toll ist das auch nicht. Er hat das größere Zimmer und das bessere Fahrrad, ansonsten kümmert er sich nicht viel um mich.«

»Bist du mit Frieda befreundet?«

»Wir kennen uns schon aus dem Kindergarten. Sie ist in Ordnung, es ist aber schwer, sie mal aus ihrem Zimmer zu kriegen. Sie ist nur glücklich, wenn sie mit einem Buch auf der Couch liegt oder irgendwas am Computer recherchiert. Oder Musik macht oder Matherätsel löst. Mein Bruder sagt, sie hat zu viel Hirn.«

»Besser als zu wenig«, antworte ich und denke an Jette, »und sie ist nett.«

»Ja, klar.« Johanna beeilt sich mit der Antwort und wird wieder rot. »So meinte ich das auch nicht. Frieda ist eben ein bisschen anders als die anderen. Ich kann sie nie überreden, mal mit zum Schwimmen oder ins Kino zu gehen, das interessiert sie alles nicht. Sie kommt sofort, wenn du deine Hausaufgaben nicht kannst, aber nie nur so.«

»Aber sie wirkt gar nicht wie eine Streberin, sie meldet sich doch auch kaum.«

»Sie ist keine Streberin, sie weiß nur alles, das lässt sie aber nicht raushängen. Na ja, du wirst sie ja besser kennenlernen, dann weißt du, was ich meine.«

»Hat sie denn keinen Stress mit den anderen, wenn sie so ganz anders ist?«

Johanna grinst. »Das ist ihr total egal. Jette hat ein paar Mal versucht, sie fertigzumachen, an Frieda hat sie sich aber die Zähne ausgebissen. Da steht sie drüber.«

Die sanfte Frieda. Ich bin beeindruckt und hoffe, ich kann ihre Hilfe bei den Hausaufgaben in Naturalien eintauschen. Vielleicht, indem ich ihr ein bisschen Nachhilfe in Sport gebe.

Inzwischen sind wir vor der Bäckerei angekommen.

»Soll ich dich morgen früh abholen?«

Johanna nickt und lächelt. »Gern. Um zwanzig nach sieben?«

»Gut, ich ...«

Ich zucke zusammen, weil ein Fahrradfahrer viel zu dicht an mir vorbeifährt und dabei auch noch klingelt.

Ich hasse diese wild gewordenen Radfahrer, Großstadtaffen, die so tun, als wären sie Tarzan. Bevor ich dem Idioten hinterherbrüllen kann, was ich über ihn denke, bremst er, dreht um und fährt genau auf uns zu. Dabei habe ich überhaupt noch nichts gesagt.

Er hält vor uns an und sieht erst mich, dann Johanna an. Grüne Augen unter einer roten Kappe. Und mindestens einen Kopf größer als wir.

»Hi.«

Klingt wenigstens nicht gewaltbereit. Und er hat schöne Augen. Quatscht der uns jetzt einfach so an?

»Johanna, hast du den Schlüssel vom Fahrradkeller? Meiner ist oben.«

Während sie in ihrer Schultasche kramt, nickt sie in meine Richtung. »Das ist Paula, sie ist neu in meiner Klasse.«

Ach so. Sei nett!

»Hallo. Wir sind aus Mackelstedt hierhergezogen, das ist bei Kiel. Bist du Johannas Bruder?«

»Super, ein Landei. Herzlich willkommen im Leben.« Er grinst mich dämlich an.

Blöder Idiot!

»Hast du jetzt den Schlüssel? Ich muss gleich wieder los.«

Johanna gibt ihm ihren. »Hier. Und …«

Er hat sich bereits aufs Rad geschwungen und fährt in den Hof. Wir sehen ihm nach.

»Das war Julius. Beachte ihn gar nicht. So, ich habe Hunger, wir sehen uns morgen, bis dann.«

Ich gehe langsam weiter und sage mir, dass sich die ganze Anstrengung für Malente lohnt.

Irgendwann werde ich diesem Affen sagen, wie ich rothaarige Typen finde, die wie geisteskrank Fahrrad fahren und dann noch alberne Sprüche bringen. Irgendwann!

Anton öffnet mir die Haustür und rennt sofort wieder weg. »Paula ist da, wir können essen.«

Ich lasse meine Schultasche im Flur fallen und folge ihm ins Esszimmer.

Anton sitzt bereits und strahlt mir entgegen. »Es gibt Kartoffelsalat und Würstchen.«

»Toll.« Ich setzte mich ihm gegenüber und versuche, genauso glücklich zu gucken wie er.

»Wieso machst du so ein komisches Gesicht?« Meine Mutter stellt die Würstchen auf den Tisch. »Rutsch mit dem Stuhl näher ran, Anton. Wie war es in der Schule?«

Das Knacken meines Tintenrollers unter Jettes rotem Schuh ist deutlich zu hören.

»Toll.«

Zum Glück holt Anton Luft.

»Wir haben ein Gespenst gemalt und neben mir sitzt jetzt Hannes und der hat bald Geburtstag und der will mich einladen und sein Papa hat ein Boot und die haben einen Hund.«

Meine Mutter lächelt ihn an. »Schön. Und, Paula, wie war es bei dir? Außer toll?«

»Mein Tintenroller ist kaputt.«

»Der neue?«

»Ja.«

»Und sonst?«

Malente!

»Neben mir sitzt eine Johanna, ihre Eltern haben die Bäckerei hier um die Ecke. Wir sind zusammen zur Schule und zurück gegangen.«

»Na, das ist doch klasse. Dann hast du ja schon eine Freundin um die Ecke.«

»Sie ist nicht meine ...«

»Hat die auch einen Bruder?« Anton schiebt sein Würstchen durch den Ketchupsee auf seinem Teller. »Ist die nett?«

»Ihr Bruder ist bescheuert. Aber sie ist nett.«

Meine Mutter nickt zufrieden und ich esse noch ein Würstchen.

Hi Paula,
ich komme gerade nach Hause und habe eben deine Mail gelesen. Diese Jette hat ja wirklich ein Rad ab, guck einfach durch sie durch, das ärgert sie am meisten. Blöde Ziege. Aber dafür hört sich Johanna ja ganz o.k. an, wir könnten uns ja mal mit ihr treffen, wenn ich dich das nächste Mal besuche. Apropos, meine Eltern haben irgendwelche Theaterkarten geschenkt bekommen, sie fahren nächsten Monat nach HAMBURG. Das ist ein Samstag, ich könnte dann bei dir schlafen, cool, nich? Meine Mutter ruft deine nachher an, aber ich wollte es dir gleich sagen!!! Immerhin haben wir uns schon zwei Wochen nicht gesehen ...
Hier gibt es nicht viel Neues, zum Glück fängt nächste Woche das Training wieder an. Das wird richtig blöd, ohne dich, ich glaube nicht, dass Jana genauso viele Tore wirft wie du. Diese Saison werden wir wohl kein Meister.
Max hat mich übrigens gestern gefragt, ob wir mal zusammen zum Baggersee fahren. Wie findest du das? So, jetzt muss ich los. HDGDL Ellen.

Max? Max Petersen? Der aus der B-Jugend? Der große Blonde, der die meisten Tore wirft?

Kaum bin ich weg, passieren die spannendsten Sachen in Mackelstedt. Und hier? Mich fährt ein Geisteskranker fast über den Haufen, mein bester Tintenroller ist im Eimer und mittags gab's Würstchen. Und nächste Woche ist wieder Training. Ohne mich.

Ich wische mir die Tränen weg und setze mich an den Computer, um Ellen zu fragen, wie sie das mit Max Petersen gemacht hat.

Der Fahrradaffe

Meine Mutter hat uns mitsamt den Badetaschen vor der Schwimmhalle abgesetzt und sucht einen Parkplatz. Während Anton und ich auf einer Bank auf sie warten, höre ich eine Stimme, die mir bekannt vorkommt.

»Ich mache kein Gesicht. Und wenn, hast du selbst Schuld. Wir waren mit Jette verabredet.«

Als ich mich umdrehe, sehe ich Lucie aus meiner neuen Klasse, die neben ihrer Zwillingsschwester Mela steht und stinksauer einen Mann anstarrt. Die beiden gehören zum Jette-Fanclub, ich habe sie noch nie ohne das blonde Gift gesehen.

»Lucie, bitte. An den letzten beiden Wochenenden habe ich eure Freundin mitgenommen, dann haben wir aber überhaupt keine Zeit mehr zu reden. Das ist doch auch nichts.«

»Worüber sollen wir denn reden?«, faucht Lucie zurück.

Mela und Lucie sind zweieiige Zwillinge, sie sind beide blond, Lucie hat Locken, Mela glattes Haar, sie ist auch größer als ihre Schwester. Nur ihre Stimmen klingen gleich beleidigt.

»Kennst du die beiden?« Meine Mutter steht plötzlich neben mir und verstaut ihren Autoschlüssel in der Tasche. »Du starrst da so hin.«

Sie redet so laut, dass Mela sich zu mir umdreht. Ich nicke cool in ihre Richtung und stehe auf. »Die sind aus meiner Klasse.«

Bevor ich mich zu den Taschen bücke, fängt Anton an zu winken. »Hallo. Ihr da, aus Paulas Klasse.«

Manchmal könnte ich ihn erwürgen. Aber nicht vor Publikum, also zische ich ihm nur ein drohendes »Anton!« zu, er lässt seine Hand sinken und sieht mich verwirrt an. »Ich denke, die sind aus deiner Klasse.«

»Ja doch. Und jetzt lass uns reingehen.«

Als ob ich Lust hätte, die Jettejüngerinnen im Bikini anzugucken. Und dann noch Zeuge von ihrem Familienstress zu werden. Der Mann ist vermutlich ihr Vater. Natürlich treffen wir vor der Kasse zusammen. Lucie nickt mir ebenfalls cool zu.

»Hallo Paula.«

Mela gibt sich Mühe. »Geht ihr auch schwimmen?«

Meine Mutter wirft mir einen warnenden Blick zu, ich schlucke den Satz »Nein, wir stehlen uns drei Pferde und reiten dem Sonnenuntergang entgegen« runter und lächele sie nett an.

»Genau.«

Anton guckt sie ernst an. »Was denn sonst? Das ist doch hier eine Schwimmhalle. Oder?«

Er hat es sehr freundlich gesagt, deshalb werde ich

sauer, als Lucie ihre Schwester ansieht und dabei die Augen verdreht.

»Und? Wo ist denn Jette? Normalerweise seid ihr doch immer zu dritt.«

Ich kann so wahnsinnig unschuldig gucken.

»Jette hat keine Zeit.« Mela greift nach ihrer Schwimmtasche und schiebt den Riemen über die Schulter. »Wir sehen uns. Bis dann.«

Das klang vorhin ganz anders.

Inzwischen steht meine Mutter an der Kasse und unterhält sich mit dem Vater der Zwillinge, die sich bereits durch das Drehkreuz geschoben haben. Anton zieht sie an der Hand.

»Jetzt komm doch.«

»Ja, sofort. Also, Herr Mansen, dann viel Spaß, wir sehen uns ja bestimmt im Bad.«

Als wir in den Gang zu den Umkleidekabinen kommen, sehe ich am Ende Mela und Lucie bereits umgezogen zum Schwimmbad gehen. Mela hat den gleichen Badeanzug wie Ellen, türkis-schwarz gestreift, nur dass er Ellen besser steht. Sofort bekomme ich eine Riesensehnsucht nach ihr. Ich höre fast ihre Stimme:

»Die haben doch echt einen an der Waffel. Von wegen Jette hat keine Zeit, wahrscheinlich ist Papi genervt von Barbie.«

»Paula! Hallo! Du träumst.« Meine Mutter wedelt mit meinem Badeanzug vor meinem Gesicht herum. »Hier, zieh dich um. Du kannst dich gleich auf die Suche nach den beiden Mädels machen.«

»Das muss ich gar nicht haben.« Ich ziehe mein T-Shirt über den Kopf und lasse es auf den Boden fallen. Anton hebt es auf und legt es ordentlich auf die Tasche. »Sind die nett?«

»Es geht. Nicht so.«

»Haben die einen Bruder?«

»Keine Ahnung.«

»Nein, haben sie nicht.« Meine Mutter verknotet ihren Bademantelgürtel. »Sie sind zu zweit und wohnen bei ihrer Mutter. Und alle zwei Wochen sind sie bei ihrem Vater. Das ist bestimmt nicht leicht.«

Es ist immer wieder unglaublich, was Mama in Windeseile aus anderen Menschen rausbekommt. Vermutlich liegt es daran, dass sie Therapeutin ist. Ellen hat mal gesagt, dass Therapeuten lernen, die Menschen so anzustarren, dass die sofort anfangen zu reden. Hat wieder geklappt.

Ich deute ihren Blick richtig. »Ja, wir haben es so gut. Aber die beiden sind trotzdem affig.«

»Paula! Du kennst sie doch noch gar nicht richtig. Gib dir einen Ruck.«

Und dann denkt sie so laut, dass ich es hören kann, ›*Malente*‹.

Ich atme tief durch und schlüpfe in meine Badeschlappen. »O.k., ich gehe mich mal umsehen. Suchen wir uns erst einen Platz?«

Zehn Minuten später habe ich die Zwillinge entdeckt. Mela und Lucie sitzen schlecht gelaunt am Beckenrand und sehen lustlos ihrem Vater zu, der unbeirrt seine Bahnen zieht. Ich vergewissere mich, dass meine Mutter mich beobachtet, und hocke mich neben Mela auf den Beckenrand. Sie sieht nur kurz hoch, dann folgen ihre Blicke wieder ihrem kraulenden Vater.

»Der schwimmt ja wie ein Profi.«

Was für ein bescheuerter Satz, aber irgendwie muss ich ja anfangen.

»Er hat Leistungssport gemacht. War mal Norddeutscher Landesmeister im Schwimmen, das erzählt er uns auch dauernd.«

Ihrem Ton zufolge ist das ein ganz schlechtes Thema. Aber jetzt will ich es wissen.

»Schwimmt ihr auch so gut? Talent vererbt sich doch.«

»Ich hasse Sport.«

Ich habe es gewusst. Ich wohne jetzt in einer Gegend, in der ich anscheinend von lauter unsportlichen Großstadtzicken umgeben bin. Wobei natürlich Friedas Unsportlichkeit mit ihrem Gewicht zu tun hat. Oder umgekehrt.

»Wieso geht ihr denn mit ihm ins Schwimmbad?«

Lucie beugt sich vor. »Weil wir müssen. Er ist der Meinung, dass gemeinsame Hobbys die Vater-Tochter-Beziehung stärken. Außerdem will er unbedingt, dass wir irgendeinen Sport machen. Am besten im Verein. Das fehlt uns noch. Und dann auch noch Schwimmen. Das ist doch das Letzte.«

»Aber wenn ihr doch gar keine Lust habt …«

»Eben.« Sie lässt ihren Fuß ins Wasser klatschen, die Wasserfontäne spritzt bis zu mir. »Du kannst ja mal mit ihm drüber reden. Wenn du dich schon einmischen musst.«

Ich zucke zusammen. Das kommt davon, wenn man nett ist, anpöbeln lassen muss man sich.

»Lucie.« Mela stößt ihre Schwester an. »Paula kann ja nichts dafür. War nicht so gemeint. Aber es ist total bescheuert, Jette hat Schminkgutscheine vom Alsterhaus, da wollten wir heute Morgen hin, das durften wir aber nicht und jetzt hängen wir hier rum. Und das Schminken geht nur bis mittags. Wir hätten ja danach was mit unserem Vater machen können, aber nein, wir müssen uns um elf Uhr treffen.«

Ich stelle mir die beiden vor, wie sie komplett geschminkt durchs Wasser paddeln und eine bunte Spur aus Wimperntusche, Lidschatten und Lippenstift hinter sich herziehen.

Wenn Ellen jetzt hier wäre, würde ein Blick reichen, um einen Lachkrampf zu kriegen. Aber sie ist nicht hier. Kurz entschlossen lasse ich mich ins Becken gleiten. Viel mehr Zeit muss ich wirklich nicht verplempern, also sage ich ganz lässig: »Na ja, ich schwimme mal ein bisschen«, und tauche vor ihnen weg. Vermutlich finden sie mich genauso langweilig wie ich sie.

Ich sehe sie erst auf der Liegewiese wieder. Sie liegen nebeneinander auf dem Bauch und stecken ihre Köpfe über einer *Bravo-Girl* zusammen. Das war klar, dass so eine Mädchenzeitschrift ihre Laune verbessert. Mela sieht schon fast gut gelaunt aus und Lucie kaut beim Lesen auf einer Haarsträhne, vielleicht sollte ich ihr sagen, dass man davon Spliss kriegt.

Anton will unbedingt mit mir Frisbee spielen, also gehe ich mit ihm auf die Spielwiese und werfe ihm die Scheibe zu, die er erstaunlich gut fängt. Dafür muss ich seinem Rückwurf hinterherhechten, er hat überhaupt nicht geguckt, wo ich stehe. Oder er kann noch nicht zielen. Er ist schwer konzentriert und gibt sich viel Mühe, trotzdem kommt kein Wurf richtig an.

»Anton, du musst mich angucken. Du musst auch in meine Richtung werfen.«

Er nickt und nimmt Anlauf. Der Frisbee fliegt ungefähr zehn Meter an mir vorbei und landet in einer Gruppe Jungs, die im Kreis am Rand der Spielwiese sitzen. Der Rothaarige, der die Scheibe ins Kreuz gekriegt hat, steht langsam auf und dreht sich um.

»Was soll der Scheiß? Seid ihr blind?«

Der Fahrradaffe. Ohne Kappe sieht man seine Ähnlichkeit mit Johanna, dieselben Haare, nur kurz. Und er hat überall Sommersprossen. Wie hieß er noch? Irgendwas mit J. Jan? Johannes? Jasper?

Mit dem Frisbee in der Hand und drohendem Blick kommt er auf uns zu. Anton hat sich neben mich gestellt und sieht sehr klein und ängstlich aus. Die Großstadt ist wirklich nichts für ihn, ich hoffe, dass meine Mutter uns im Blick hat und etwas unternimmt. Und zwar schnell.

Janjohannesjasper stutzt, als er mich erkennt. »Ach Gott, das Landei. Spielst du das zum ersten Mal?«

»Er … Er ist erst acht.« Ich zeige auf Klein-Anton, der sich an mein Bein drückt. »Mein Bruder …, also Anton ist erst …«

»Pass besser auf.« Johannas Bruder mit J reicht Anton die Scheibe, dreht sich um und geht wieder zurück. Ich starre ihm hinterher und finde ihn bescheuert.

»Der war nett.«

Anton legt den Kopf schief und drückt die Frisbeescheibe an sich. Manchmal verstehe ich achtjährige Brüder nicht.

Wir beschließen, dass wir das Training für heute beenden. Ich habe keine Lust, mich von dem rothaarigen Angeber beobachten zu lassen, und Anton hat Durst. Auf dem Weg zu unserem Platz kommen uns die Zwillinge entgegen. Lucie bleibt stehen und deutet auf die Gruppe der Jungen. »Hast du Julius extra abgeschossen?«

»Wen?«

»Julius. Das ist Johannas Bruder.«

J stimmte also.

»Nein, das war Anton. Er kann noch nicht so gut zielen.«

Sie sieht mich komisch an. »Dass du da gar nichts machen konntest? Julius ist übrigens bei uns an der Schule. Der ist toll.«

»Aha. Und?«

»Nichts. Nur so. Er ist in der Neunten. Kennst du ihn?«

»Nur vom Sehen. Der ist mir eigentlich ziemlich egal.«

Sie zuckt mit den Schultern und geht langsam weiter. »Meine Schwester ist nämlich mit ihm befreundet. Also dann, bis Montag.«

War da ein drohender Unterton? Ich frage mich, was das jetzt sollte. Findet sie rote Haare ernsthaft toll? Oder sind Idioten plötzlich hip? Das Leben in Mackelstedt war nicht so kompliziert, irgendwie ist hier alles eigenartig.

Als wir zwei Stunden später auf den Parkplatz vor unserem neuen Haus fahren, kommt uns Johanna auf dem Fahrrad entgegen. Sie winkt mir zu und bleibt auf dem Gehweg stehen.

»Das ist Johanna, mit der ich morgens zur Schule gehe«, sage ich zu meiner Mutter, bevor ich aus dem Auto steige. »Hallo Johanna, willst du zu mir?«

Sie schiebt ihr Fahrrad auf mich zu und schüttelt den Kopf. »Nein, das ist Zufall, ich wusste gar nicht, wo du wohnst. Guten Tag, ich bin Johanna.«

Letzteres gilt meiner Mutter und Anton, die bepackt um das Auto gehen.

»Hallo Johanna.« Meine Mutter lächelt sie an. »Paula, deine Tasche steht am Wagen, nimm sie mit, wenn du ins Haus gehst.«

»Ja, mach ich. Willst du mit reinkommen?«

Johanna guckt auf ihre Uhr, überlegt, dann stellt sie ihr Fahrrad an den Zaun und schließt es ab. Ich beobachte sie dabei und denke kurz darüber nach, dass ich in Mackelstedt mein Rad nie abschließen musste. Ehrlicherweise muss ich aber zugeben, dass Ellens Fahrrad vor vier Wochen geklaut wurde. Vor der Sporthalle. Ich hoffe, das war nur ein Versehen.

Johanna folgt mir, ich hole uns aus der Küche eine Flasche Saft und zwei Gläser und gehe vor ihr die Treppe rauf in mein Zimmer. Dort angekommen sieht sie sich um und pfeift anerkennend.

»Du hast ja ein tolles Zimmer, meins ist höchstens halb so groß. Und dieses Sofa ist ja klasse, ich muss immer auf dem Bett sitzen.«

»Mein altes Zimmer war auch kleiner. Meine Eltern haben sich echt angestrengt, es sollte hier alles besser sein. Na ja, aber es ist ja wirklich gut, das Zimmer, meine ich.«

Johanna steht an meiner Pinnwand und sieht sich die Fotos an, die da hängen. Meine alte Klasse auf der letzten Klassenfahrt auf Amrum, Ellen und ich, Ellen allein, Jana und Ellen, Jana und ich, meine alte Schule, zwei Fotos von Mimi Kraus, meinem Lieblingshandballer, und natürlich das große Mannschaftsbild nach dem letzten Punktspiel.

»Hast du Volleyball gespielt?«

»Quatsch. Handball.«

»Echt?« Johanna sieht mich erstaunt an. »Das ist doch so ein brutaler Sport.«

»Blödsinn. Wer sagt das denn? Man muss es eben können. Wenn man mit dem Ball umgehen kann, hat man Fouls gar nicht nötig. Nur im Notfall.«

»Na, ich weiß nicht. Mein Bruder sagt, dass es ziemlich hart ist.«

Na super, dieser rothaarige Blödmann meint auch noch, er kennt sich aus. Ich beiße mir trotzdem auf die Lippe, schließlich ist er Johannas Bruder, da muss ich ja nicht gleich über ihn herziehen. Also wechsele ich das Thema.

»Und wo wolltest du vorhin hin? Ich meine, weil du ja zufällig hier vorbeigefahren bist?«

»Ich war bei Marie und habe ihr die Hausaufgaben gebracht.« Johanna wendet sich von der Pinnwand ab und setzt sich aufs Sofa. »Ach, du kennst sie ja noch gar nicht. Marie ist auch bei uns in der Klasse, sie wohnt drei Straßen weiter. Wir gehen immer zusammen zur Schule. Sie hat letzte Woche zwei Weisheitszähne rausoperiert bekommen, deshalb war sie seit den Ferien noch nicht wieder in der Schule. Mittwoch kommt sie aber wieder. Dann triffst du sie. Und wo warst du?«

»Wir waren schwimmen. Im Midsommerland in Harburg. Ich habe Lucie und Mela getroffen. Mit ihrem Vater. Die hatten keine richtig gute Laune.«

»Das glaube ich.« Johanna nickt. »Die Eltern sind geschieden und die beiden sind jedes zweite Wochenende bei ihrem Vater. Der wohnt jetzt in Harburg und dann können sie Jette nicht treffen, weil die Harburg so bescheuert findet. Da fährt sie nicht hin, es ist ihr da zu spießig. Und ohne Jette machen die Zwillinge ja nichts mehr.«

»Dein Bruder war, glaube ich, auch da.« Das ist mir einfach rausgerutscht, ich will mit Johanna ja gar nicht über ihn reden.

»In Harburg? Beim Schwimmen?«

»Ja. Ich glaube, er war das.«

Wieso sage ich das so?

»Hm. Hat er gar nicht erzählt. So weit fährt er sonst nie zum Baden.«

»Vielleicht wegen Mela und Lucie?«

Johanna sieht mich irritiert an. »Was haben die denn mit Julius zu tun? Wir sind doch für ihn Luft.«

Ich beschließe, ihr nichts von Lucies und meinem kleinen Gespräch zu erzählen. Wieso soll ich mich auch einmischen? Und vielleicht interessiert sich Lucie gar nicht für Julius, sondern ist einfach nur ein bisschen verrückt.

Nur so ein Gefühl

Hallo Paula,
du Arme bist ja anscheinend wirklich nur von Tussis umgeben. Obwohl ich immer mal Zwillinge kennenlernen wollte, aber so wie es sich anhört, bringt das ja nichts. Halte durch und denke an Malente, ich bin immer noch neidisch! Das mit dem Baggersee hat übrigens nicht geklappt, Max hat Grippe und ist deshalb auch nicht in der Schule. Ich hoffe, ich sehe ihn am Mittwoch in der Sporthalle, die B-Jugend trainiert ja jetzt nach uns ... Drück mir die Daumen! Ansonsten ist hier nichts los, ich freue mich auf den 17., dann komme ich! Noch zwei Wochen!!! Also, bis ganz bald,
deine Ellen

Ich schlucke und stelle meinen Computer aus. Heute ist Mittwoch und ich habe seit vier Wochen keinen Ball mehr in der Hand gehabt.

»Paula! Du musst los. Beeil dich.«

»Ja doch!«

Ich schnappe meine Tasche, meine Mutter reicht mir meine Brotdose und den Weg zu Johanna muss ich schon wieder rennen. Das ist auch eine Art Training.

Johanna wartet vor der Bäckerei nicht allein auf mich. Das Mädchen, das neben ihr steht, ist einen Kopf kleiner, ziemlich dünn, hat kurze schwarze Haare und trägt ein T-Shirt, auf dem ›Winnetous Schwester‹ steht. Sie dreht sich zu mir um und grinst. »Hi, du bist Paula! Ich bin Marie.«

»Hallo. Wie geht es deinen Zähnen?«

Sie hebt kurz die Schultern. »Keine Ahnung, ich habe sie in der Zahnklinik gelassen.«

»Nein, ich meine …«

Marie winkt ab. »Schon gut, die Dinger sind raus, alles gut. Gehen wir? Es klingelt gleich.«

Sobald wir uns in Bewegung gesetzt haben, feuert Marie auch schon eine Frage nach der anderen auf mich ab.

»Wo kommst du her?«

»Aus Mackelstedt. Bei Kiel.«

»Aha. Ich habe immer schon hier gewohnt. Wie alt bist du?«

»Zwölf.«

»Aha. Ich dreizehn. Wie findest du Jette und die Zwillinge?«

»Na ja …«

Sie lacht. »Sag es ruhig. Behämmert! Sind sie auch. Wie findest du die Kruse?«

»Wen?«

Johanna hilft. »Unsere Klassenlehrerin.«

»Ach so. Och, ganz nett, glaube ich.«

»Hm. Frau Ich-habe-einen-Damenbart-und-liebe-

Mathe-Schröder ist schlimmer, das stimmt. Sagt mal, gibt es jetzt schon was Neues für Sport?«

Ich habe keinen Schimmer und warte auch auf Johannas Antwort. Sie nickt. »Ja, mein Bruder hat den schon gesehen, irgendein Sportlehrer aus Süddeutschland. Soll ganz gut sein.«

»Na, wenn Julius das sagt.« Marie beschleunigt das Tempo, als der Schulhof vor uns liegt. »Ich muss noch ins Sekretariat, eine Bescheinigung abgeben, bis gleich.«

Sie flitzt um die Ecke, ich gucke ihr hinterher und denke, dass sie zum Glück mal keine weitere Großstadtzicke ist. Johanna zieht mich am Arm. »Komm, wir müssen rein. Ach guck mal, wenn man vom Teufel spricht, das muss der neue Sportlehrer sein.«

Wir sehen ihn nur kurz von der Seite, bevor er mit seiner Sporttasche in der Halle verschwindet.

Er sieht nicht aus wie ein typischer Lehrer. Er ist groß mit breiten Schultern, hat dunkles, ziemlich langes Haar und trägt einen knallroten Trainingsanzug. Und irgendetwas an ihm, der lässige Gang oder die etwas arrogante Kopfhaltung, erinnert mich an jemanden. Ich weiß nur nicht, an wen.

»Wow.« Die schüchterne Johanna schaut ihm versonnen hinterher. »Der ist ja cool.«

Sie wird ein bisschen rot, als sie meinen Blick bemerkt. Das Klingelzeichen verhindert meinen Kommentar.

Marie sitzt bereits an ihrem Platz, als Johanna und ich in die Klasse kommen. Ihre Sitznachbarin heißt Kathi, ihren Namen habe ich mir tatsächlich mal gemerkt. Kathi ist beeindruckend, mindestens einen Kopf größer als ich, das bedeutet dann wohl, zwei Köpfe größer als Marie. Sie ist dunkelblond, hat ein breites Kreuz, eine tiefe Stimme und geht wie ein Kerl. Irgendwas an ihr macht mich unsicher, sie hat mich ein paar Mal angeguckt und ich habe Gänsehaut bekommen. Allein schon diese Stimme … Ob sie spricht, bevor sie zuschlägt? Vielleicht ist sie auch die Patin einer Mafia, die ihre Schläger schickt, wenn irgendetwas nicht läuft. Oder sie ist …

»Paula, könntest du dich dann auch bitte setzen?«

Erschrocken drehe ich mich zu Frau Kruse um, ich bin tatsächlich die Einzige, die noch vor ihrem Tisch steht. Und ich habe vermutlich unter den Blicken der gesamten Klasse Kathi angestarrt, ich hoffe nur, dass man mir nicht angemerkt hat, welche Fantasien ich entwickelt habe.

Die Patin wirft mir einen Blick zu. Wenn sie mich in der Pause an die Hauswand drückt und mir ihr Messer an den Hals hält, habe ich selbst Schuld. Ich wollte nie in die Großstadt ziehen.

Nach dem Klingeln bleibe ich noch einen Moment sitzen. Marie und Kathi verlassen zusammen die Klasse, ich schließe mich Johanna und Frieda an, die auf mich warten. Auf dem Weg nach draußen traue ich mich doch. Mit leiser Stimme und nach einem Räuspern frage ich: »Sagt mal, ich habe das Gefühl, die meisten haben Angst vor Kathi.«

Friedas Gesichtsausdruck ist verblüfft. »Angst? Vor Kathi? Wer hat dir das denn erzählt?«

»Niemand, ich hatte nur so ein Gefühl.«

»Sie ist Klassensprecherin.« Johanna öffnet ihre Brotdose und reicht sie Frieda. »Und sie ist die Beste in Sport, sie spielt Basketball in der Schulmannschaft. Die löst sich jetzt nur leider auf, sie sind zu wenig Spieler. Kathi ist die beste Freundin von Marie. Sie ist nett.«

Nett? Ich nehme mir vor, weniger Detektivgeschichten zu lesen. Es macht mich unsicher. Während Frieda auch noch mein Brot isst, kommen Marie und Kathi auf uns zu. Marie setzt sich und deutet auf Kathi. »Ihr habt noch gar nicht miteinander geredet, hat sie gesagt.«

Ich verscheuche meine restlichen Fantasien und bemühe mich, Kathi harmlos anzulächeln.

»Stimmt.«

Kathi hat wirklich eine sehr tiefe Stimme. »Du spielst wohl nicht zufällig Basketball?«

»Äh, nein.«

Die Wahrheit ist, dass alle Handballer Basketball doof finden. Der Ball ist groß und aus Plastik, der Korb klein und hoch und Körperkontakt verboten. Kein noch so kleines Foul ist erlaubt. Langweilig eben. Das kann ich natürlich nicht sagen, erstens muss ich nett sein, wegen Malente, und zweitens finde ich Kathi trotz alledem irgendwie Furcht einflößend.

Sie mustert mich und wirkt enttäuscht. »Schade. Na ja, du bist auch nicht besonders groß. Du siehst eher aus wie eine Schwimmerin.«

»Ich bin ...«

»Leute, habt ihr den neuen Sportlehrer gesehen? Das ist ja der Hammer!« Plötzlich steht Mela vor uns, ganz allein, ohne ihren Zwilling und ohne Miss Blondie. Sie atmet schwer und ist richtig aufgeregt. »Ein irrer Typ, Kathi, du musst unbedingt eine Sport-AG vorschlagen, für Mädchen, nicht dass der nur Fußball mit den Jungs spielt, vielleicht Jazzdance oder Chearleader oder so.«

»Lass mich raten«, Marie zieht spöttisch ihre Augenbrauen hoch und sieht Mela an. »Das hat Jette vorgeschlagen, dafür hat sie bestimmt die richtigen Röckchen im Schrank. So kleine Miniteilchen, damit sie ordentlich auftrumpfen kann, oder?«

»Marie«, Kathi winkt in ihre Richtung, »lass doch mal. Wenn sich die Basketball-AG auflöst, müssen wir sowieso was anderes machen. Wir können ihn doch fragen, wir haben doch morgen Sport. Aber sag Jette, dass man beim Jazzdance auch schwitzt.«

Marie kichert und ich bemerke Friedas frustrierten Blick. Sie stellt sich bestimmt Jette in einem knallengen Einteiler vor und sieht ihre Drei in Sport und ihren Geigenunterricht in weite Ferne rutschen. Ich rücke näher an sie ran. »Kein vernünftiger Sportlehrer macht so ein Hüpfzeug mit seinen Schülern, zumindest nicht dauernd. Warte erst mal ab, wie der ist, vielleicht wird das ganz gut.«

Frieda seufzt, wischt sich ihre Finger an einem Taschentuch ab und steht ächzend auf. »Wie soll er schon sein? Sportlich vermutlich.«

»Der sieht super aus.« Mela steht immer noch bei uns und kann sich gar nicht beruhigen. »Los, Kathi, du bist Klassensprecherin, vielleicht können wir ihn überreden, dass er statt in die Halle mit uns in die Eisdiele geht.«

Frieda nickt. »Das ist doch mal eine gute Idee.«

Marie schüttelt den Kopf. »Frieda Meyer, du faules Huhn. So wird das nie was mit deiner Drei. Und Mela, wieso schickt dich Jette vor, wenn sie was will?«

»Jette hat mich nicht vorgeschickt.«

Kathi grinst. »Natürlich hat sie das. Sie will in die Eisdiele, weil sie sich da mehr aufbrezeln kann als in der Turnhalle. Soll sie ihn doch fragen. Ich will Sport machen.«

Frieda verdreht die Augen und zeigt auf die große Uhr am Eingang. »Wir müssen rein. Ich hasse Sportlehrer, mir ist Frau Martens in Physik viel lieber.«

Wir stehen langsam auf und folgen ihr, plötzlich stößt Johanna mich in die Seite. »Da ist er wieder. Marie, Kathi, guckt mal, da läuft er.«

Kathi bleibt stehen und sieht ihm nach. »Wenigstens sieht er sportlich aus.«

Johanna ist schon wieder rot geworden, Marie guckt

skeptisch. »Und was ist an dem jetzt so toll? Der rote Trainingsanzug?«

In dem Moment dreht er sich in unsere Richtung um und lächelt. Mela stöhnt leise, Johanna guckt auf den Boden und ich kriege fast einen Herzinfarkt. Das ist nicht wahr, ich weiß jetzt, an wen er mich erinnert, aber das kann ja nicht sein. Nie im Leben, es ist wohl nur eine unglaubliche Ähnlichkeit. Neulich dachte ich auch, ich hätte Heiner Brand gesehen. Abrupt bleibe ich stehen und frage, ob jemand weiß, wie er heißt.

»Ja«, Kathi läuft ungerührt weiter, »er heißt Florian Hoffmann.«

Er ist es und ich renne aufs Klo, um nicht auf dem Schulhof ohnmächtig zu werden.

Hi Ellen, du glaubst nicht, was passiert ist, du kannst es dir noch nicht mal im Traum vorstellen, du wirst gleich kreischen vor Neid, du musst es allen in Mackelstedt erzählen, ich werde noch wahnsinnig!!! Weißt du, wer unser neuer Sportlehrer ist? Nein, kannst du auch gar nicht, aber jetzt halte dich fest: FLORIAN HOFFMANN!!! Ja, DER Florian Hoffmann, genau der!!! Der Beste, der Einzige – der tollste Spieler, der jemals in der Bundesliga gespielt hat. Dessen Autogramm an DEINER Pinnwand hängt. Kannst du dir das vorstellen??? Als er diese schwere Knieverletzung hatte und aufhörte, habe ich mal gelesen, dass er jetzt Lehrer ist, aber ich dachte, die meinten Trainer!!! Und jetzt ist er mein Sportlehrer!!! Ich drehe durch. Morgen habe ich das erste Mal bei ihm Sport, mir ist jetzt schon schlecht vor lauter Aufregung. Und ich soll nicht angeben, du weißt schon, habe ich doch meinen Eltern versprochen, wegen Malente und so, aber keine Einzige aus meiner Klasse hat Ahnung vom Handball, wie soll ich denn da nicht angeben???? Ich kann das doch viiiel besser als diese Tussen, na ja, einige sind ja okay, Kathi hat Basketball gespielt, dann kann die aber auch kein Handball. Am liebsten würde ich hingehen und nach einem Autogramm fragen, das sieht dann aber so geschleimt aus, ach Ellen, was mache ich bloß??? Ich dreh grad total ab, meld dich schnell, deine Paula, MISS U HDGDL

KREIIIIIIIIIIISCH!!! Is ja krass!!! Will auch an deine Schule. Max auch. Du hast es gut. Du musst ihm sagen, dass wir ihn kennen, wir wollen alle Autogramme!
Deine Ellen

Ich lese Ellens Antwort durch und bin kein bisschen klüger oder unaufgeregter, ganz im Gegenteil. Und morgen ist das erste Mal Sport mit ihm, ich weiß gar nicht, wie ich gleich schlafen soll. Auf jeden Fall muss ich den anderen sagen, um welche Berühmtheit es sich handelt. Aber wie soll ich das machen, ohne vom Handball in Mackelstedt zu reden und dabei die Großstadtzicken nicht merken zu lassen, dass sie keine Ahnung haben?

Guten Morgen, Landei

Ich trage meinen Trainingsanzug aus Mackelstedt. Er ist hellblau mit weißen Streifen und trägt auf dem Rücken den Schriftzug *Getränke-Fiedler*, vorn ist meine Nummer, die 11. Ich trabe locker über den Schulhof und höre einen Pfiff. Florian Hoffmann lässt die Schiedsrichterpfeife aus dem Mund fallen und ruft: »Jetzt erkenne ich dich, du bist die Nummer 11 vom TuS Mackelstedt, Torschützenkönigin und die beste Siebenmeterwerferin. Was für ein Glück, dass ich dich …«

»Paula! Du bist langsam beim Aufstehen genauso schlimm wie Anton. Mach zu, es ist nach sieben.«

Meine Mutter zieht die Jalousien hoch und ich sitze sofort kerzengerade im Bett. Heute habe ich Sport bei FH. Und ich habe fast verschlafen.

»Ich muss meine Sportsachen noch packen. Und ich weiß gar nicht, was ich anziehen soll. Wie spät ist es denn genau? Und wo ist mein Trainingsanzug? Und mir ist schlecht.«

Verwirrt bleibt meine Mutter an der Tür stehen und sieht mich an, als wäre ich schwachsinnig. »Du hast deine Sportsachen bereits gestern gepackt, deinen Trainingsanzug hast du Ellen geschenkt, nachdem du verkündet hast, nie mehr zu spielen. Es ist fünf nach sieben, du kannst deine helle Jeans anziehen, die ist sauber, und eins von deinen T-Shirts, die du dauernd trägst, und vielleicht ist dir schlecht, weil du Hunger hast. Also komm frühstücken.«

Während sie die Weckaktion bei Anton fortsetzt, stehe ich langsam auf und gehe ins Bad. Beim Zähneputzen denke ich darüber nach, dass ich jetzt in meiner alten Jogginghose und einem geringelten Shirt zur Sportstunde gehe. Bevor ich wusste, wer mein Lehrer wird, war das auch in Ordnung. Aber jetzt? »Mama?«

»Ja?«

»Könnten wir einen neuen Trainingsanzug kaufen?«

Sie steht in der Tür und grinst. »Hast du es dir überlegt? Sollen wir einen Verein suchen?«

»Nein.« Und jetzt kann ich es nicht mehr für mich behalten. »Mein neuer Sportlehrer ist Florian Hoffmann.«

Die Bombe ist geplatzt, ich starre meine Mutter an. Sie guckt interessiert zurück. »Ach ja?«

»Mama! Florian Hoffmann!«

»War der schon an deiner alten Schule? Oder woher kennst du den?«

»Mama! FLORIAN HOFFMANN, die Nummer 7 aus GÖPPINGEN, der beste Spieler auf HALB LINKS.«

»Du warst doch noch nie in Göppingen. Und der hat mit euch Handball gespielt? Wo denn?«

Ich kralle mich am Waschbecken fest. »Mama, nicht mit uns. Der hat in der Bundesliga gespielt, wir haben ihn mal in Kiel gesehen, beim Punktspiel gegen den THW, und Ellen hat sich ein Autogramm von ihm geholt, und als ich endlich unten auf dem Spielfeld ankam, war er schon in der Kabine.«

»Ja, und? Was hat das jetzt mit deinem Trainingsanzug zu tun?«

Sie hat überhaupt keine Ahnung, wovon ich rede. Meine eigene Mutter interessiert sich null dafür, dass mein Leben gerade an einem Wendepunkt steht. Ich wende mich wieder dem Spiegel zu und betrachte mein Gesicht. Pure Verzweiflung.

Die Ignorantin klopft mir leicht auf die Schulter und sagt: »Wie auch immer, wir können dir ja einen neuen Trainingsanzug kaufen, den kannst du auch in Malente anziehen, das heißt, wenn alles klappt. Beeil dich jetzt.«

Eine halbe Stunde später treffe ich Marie und Johanna. Marie fängt sofort an zu reden. Ihr Bruder macht Musik in einer Band, er hat am Samstag einen Auftritt beim Stadtteilfest und Marie findet, wir sollten unbedingt da hin.

Johanna schüttelt sofort den Kopf. »Das ist doch bestimmt abends. Da darf ich garantiert nicht.«

»Dann geh doch mit Julius. Wenn mein Bruder mitkommt, darf ich immer. Paula, was ist mit dir?«

»Anton ist erst acht.«

»Quatsch, das meine ich nicht, darfst du mit? Oder sind deine Eltern auch so komisch wie Johannas?«

Ich zucke mit den Schultern. »Keine Ahnung. Ich kann ja fragen.«

Im Moment habe ich überhaupt keine Lust, mir auch noch den Bruder von Marie anzutun, vermutlich ist das genauso ein Großstadtaffe wie der supercoole Julius.

»Wie alt ist dein Bruder denn?«

»Thorben geht mit Julius in eine Klasse, also 14. Ach komm, Johanna, Julius ist doch dabei, die spielen auch schon um 18 Uhr.«

Genau in diesem Moment schießen zwei Fahrräder an uns vorbei, um ein Haar wären sie Johanna ins Kreuz gejagt.

»Hey, ihr Idioten«, meine Wut kommt fast gleichzeitig mit dem Schreck. Marie kichert, als der Rechte sich umdreht und beim Weiterfahren »Schönen guten Morgen, Landei« brüllt.

Ich schlucke die Antwort runter und merke Johannas verlegenen Blick. »Julius meint das nicht so.«

»Schon gut.«

»Der Linke war übrigens mein Bruder Thorben.« Marie grinst immer noch. »Du Landei.«

»Sehr witzig. Ich könnte mich über eure Witze echt wegschmeißen. Vielleicht könnt ihr euch mal um eure Brüder kümmern, bevor die ganz durchknallen.« Das musste jetzt mal gesagt werden.

Sobald wir das Schulgebäude sehen, erhöht sich mein Pulsschlag. Die ersten beiden Stunden haben wir Mathe, danach eine Stunde Deutsch, dann SPORT. Ich habe mich entschlossen, nichts über Florian Hoffmann zu erzählen. Nach der Reaktion meiner Mutter rechne ich nicht damit, Marie, Johanna und erst recht nicht Frieda in Begeisterungsstürme zu versetzen. Sie wissen wahrscheinlich noch nicht mal, dass Handball auf Tore gespielt wird. Ich werde keinen Ton über ihn sagen, zumindest noch nicht heute.

Als wir den Klassenraum betreten, fällt mein Blick sofort auf Jette. Das ist nicht weiter schwer, denn sie steht in voller Schönheit mitten im Raum und gestikuliert wie wild. Ich kann mich gar nicht darauf konzentrieren, was sie für einen Blödsinn erzählt, ich sehe nur, was sie anhat: eine weiße Jeans und ein knappes Top, natürlich bauchfrei, natürlich pink, mit der Aufschrift »Fitness Queen«.

»Würg!« Marie sagt, was ich denke, und geht an mir vorbei. »Na, Jette, machst du dich schon warm für den Supertrainer?«

»Ach Marie, irgendwann erstickst du an deiner eigenen Zunge. Nur kein Neid, bitte.«

»Worauf soll ich neidisch sein? Wir gucken nachher mal, wie dein Haar sitzt, wenn du schwitzt. Und wer von uns ...«

»Marie, Jette!« Kathis dunkle Stimme braucht kaum Lautstärke, um Erfolg zu haben. Der Zickenkrieg verstummt. Kurz wenigstens. Dann holt Jette wieder Luft. »Ich habe übrigens Herrn Hoffmann vorgeschlagen, in die Eisdiele zu gehen. Er fand das klasse.«

»Na ja«, mischt Mela sich ein, »er hat gesagt, wir können das nach der Schule gerne machen, nur nicht in der Sportstunde.«

Jette schießt einen giftigen Blick in ihre Richtung und wirft ihre Haare zurück. »Aber er fand die Idee super.«

Lucie nickt in ihre Richtung. »Ja, er war von dir auch echt beeindruckt.«

Jette lächelt geschmeichelt, Marie verdreht die Augen. »Mir wird schlecht. Hoffentlich macht der mit uns richtig brutalen Sport, ich will Blondie schwitzen sehen.«

Kathi zieht sie auf ihren Stuhl, genau in dem Moment, als Frau Schröder in die Klasse kommt.

Während der Mathestunde verdränge ich die Gedanken an die bevorstehende Sensation und versuche verzweifelt zu verstehen, was Frau Schröder von uns will. Ich war noch nie besonders gut in Mathe, aber diese Klasse ist anscheinend weiter als meine alte, ich verstehe nur Bahnhof. Ich starre durchs Fenster auf den Schulhof, während der Damenbart begeistert eine nicht enden wollende Textaufgabe vorliest, und sehe plötzlich einen knallroten Trainingsanzug. ER geht auf die Turnhalle zu und ich stelle mir vor, wie er gleich Bälle aus den Schränken holen wird, die Tornetze überprüft und …

»Paula, ich glaube nicht, dass du das Ergebnis auf dem Schulhof findest.«

»Ähm …«

Sofort steht Frau Schröder am Fenster und schaut auf den Hof. »Ach, der neue Kollege. Da bin ich ja mal gespannt, ob du dich wenigstens auf den Sportunterricht konzentrieren kannst.«

Sie lächelt mich unter ihrem Damenbart an. »In der Mathematik fällt dir das anscheinend nicht so leicht. Du bist ja erst ein paar Tage hier, kümmere dich darum, den Anschluss zu finden, sonst sehe ich rot, äh, schwarz.«

Einige kichern, ich werfe noch einen kurzen Blick auf den roten Trainingsanzug, der gerade in der Halle verschwindet. Dann fällt mir der Zettel auf, den Frieda auf meinen Tisch geschoben hat:

Komm am Samstag zu mir, ich erkläre dir das Zeug, ist ganz einfach. F.

Dankbar nicke ich ihr zu, noch dankbarer höre ich die Pausenklingel.

Ich muss mir noch eine kleine Belehrung von Frau Schröder anhören, deshalb komme ich als Letzte aus der Klasse. Ich steuere gleich die Bank auf dem Schulhof an und sehe plötzlich nicht nur Marie, Frieda, Kathi und Johanna dort sitzen, sondern auch einen dunkelhaarigen Jungen, der neben dem bereits bekannten Großstadtaffen steht. Gerade als ich wieder abdrehen will, pfeift Kathi mich ran. »Paula, hallo, Paula, komm mal!«

Ich traue mich nicht, Kathis Anweisung zu ignorieren, und gehe sehr langsam auf die Gruppe zu.

Der Dunkelhaarige hat viel Ähnlichkeit mit Marie, er grinst mich an und sagt: »Die Neue. Hallo, ich bin Thorben.«

Ich nicke kurz und ignoriere den rothaarigen Blödmann, der mich völlig bescheuert mustert und bestimmt gleich irgendetwas Beknacktes sagt. Na bitte, er räuspert sich. »Habt ihr schon Sport gehabt?«

Seine Schwester antwortet: »Wir haben in der Vierten. Hattet ihr schon?«

Julius sieht erst mich, dann Johanna an. »Ja, gerade. Der Typ ist super. Das findet unser Landei anscheinend auch, oder?« Er zwinkert mir blöde zu. »Jette hat hier gerade erzählt, dass du vor Schröders Augen geschmachtet hast.«

Marie wirft mit einem zusammengeknüllten Butterbrotpapier nach ihm. »Was soll das, du Spinner? Ausgerechnet Jette. Und lass Paula mal in Ruhe, die denkt sonst, du bist ein Idiot.«

Paula denkt jetzt schon, du bist ein Idiot, Julius.

Er guckt hoch, will etwas sagen, beißt sich auf die Lippen. Thorben haut ihm auf die Schulter und sagt: »Los, komm, wir haben jetzt die Schröder. Du kannst dich später mit Paula anzicken.«

Er geht los, Julius grinst mich an und folgt ihm.

Johanna sieht mich verlegen an. »Ich weiß nicht, warum mein Bruder im Moment so dämlich ist. Sonst geht das.«

»Gegessen.« Ich winke ab und sehe beiden hinterher. Was für Idioten. Aber wenn das der Preis für Florian Hoffmann ist, halte ich das aus.

Die Deutschstunde kriege ich irgendwie rum, Frau Kruse ist gar nicht so übel. Während sie eine Kurzgeschichte vorliest, schaffe ich es sogar für einen Moment, nicht mit den Beinen zu wippen. Doch dann klingelt es zur letzten Pause vor dem großen Moment. Mein Pulsschlag verdoppelt sich, trotzdem passe ich mich dem Schneckentempo von Frieda und Johanna an, die extrem langsam zur Sporthalle schleichen.

»Können wir uns nicht ein bisschen beeilen? Wir müssen uns doch noch umziehen.«

Frieda sieht mich an wie ein Kalb auf dem Weg zur Schlachtbank. »Wir kommen schon rechtzeitig. Und wenn es fünf Minuten später wird, ist das auch nicht so schlimm.«

»Doch, Frieda!« Ich muss mich beherrschen, damit ich sie nicht vor mir herschubse. »Der erste Eindruck ist wichtig. Wenn du in der ersten Stunde gleich zu spät kommst, ist das doch doof. Los, denk an die Geige.«

Frieda lässt die Schultern hängen und atmet tief aus. »Das bringt doch alles nichts.«

Ich könnte sie treten.

Wir sind tatsächlich die Letzten. Die Umkleidekabine riecht genauso wie alle anderen, die ich kenne. Ich fühle mich sofort zu Hause und warte fast darauf, dass gleich Ellen und Jana um die Ecke kommen.

Frieda hat sich wie ein nasser Sack auf die Bank plumpsen lassen. Kathi, in einem grünen Trainingsanzug, stellt sich vor sie. »Los, umziehen, neuer Start, neues Glück. Die aus der Neunten haben gesagt, der macht super Unterricht, auch Theorie. Das ist doch was für dich.«

Die Antwort ist nur ein sehr skeptischer Blick.

Neben mir bindet sich Marie schon die Schuhe zu, als sie den Kopf hebt, deutet sie auf Jette und Lucie.

Die flechten sich gerade gegenseitig die Haare. Jettes Mähne wird von silbernen Spangen gehalten, die farblich zu dem einteiligen Gymnastikanzug passen. Sie hat schon richtig viel Busen, denke ich, während ich an meinem alten geringelten T-Shirt heruntersehe. Nicht so platt wie ich. Marie grinst mir zu und sagt laut: »Los, Paula und Johanna, kämmt euch auch noch mal über.«

»Sehr witzig.« Jette schnappt sich ein Handtuch und geht mit Hüftschwung an uns vorbei, dicht gefolgt von den Zwillingen. Johanna sieht ihr bewundernd hinterher. »Ich hätte zu gerne so eine Figur.«

Marie zeigt ihr einen Vogel, dann läuft sie hinter dem Trio her, der Rest der Klasse folgt, Frieda und ich gehen ganz zum Schluss. Ich fühle, dass mein Gesicht jetzt schon rot ist, meine Beine zittern. Ich war noch nie in meinem Leben so aufgeregt.

Und dann steht er da. Mitten in der Halle, an einen Kasten gelehnt, schaut er uns entgegen. Sieht jedem ins Gesicht, lächelt ab und zu und wartet, bis wir uns alle auf zwei Matten gesetzt haben und es ruhig ist.

»So, guten Morgen zusammen. Mein Name ist Florian Hoffmann, ich soll euch jetzt in Sport unterrichten und hoffe, dass wir ein gutes Team werden. Ich habe hier einen Stapel Lätzchen, zumindest sehen die so aus, aus Stoff, bitte schreibt eure Namen vorne ins weiße Feld und zieht eins über, das macht es für mich einfacher. Könntest du die bitte verteilen?« Er reicht den Stapel an einen Jungen, der genau vor mir sitzt, Alex oder Andreas. Florian Hoffmann ist einen Meter von mir entfernt! Ich schlucke aufgeregt. Jeder schreibt seinen Namen auf, der schwarze Edding wandert durch die Reihen, während Florian Hoffmann weiterspricht. »Wir haben zwei Stunden Sport in der Woche, wie ihr wisst, mein Plan sieht folgendermaßen aus: Eine Stunde Jungs und Mädchen zusammen, das ist diese Stunde heute. Wir kümmern uns um Beweglichkeit, um Ausdauer und um eine gute Haltung, das ist jetzt nicht ganz so anstrengend, aber wichtig. Mir ist es lieber, dass die nicht ganz so Sportlichen unter euch sich eine Stunde in der Woche ein bisschen bewegen als zwei Stunden mit einem Attest auf der Bank zu sitzen und zuzusehen.«

Einige von uns kichern, Frieda neben mir setzt sich etwas aufrechter hin.

»In der anderen Stunde gibt es Programm für diejenigen, denen das nicht reicht. Ich würde gerne verschiedenen AGs bilden, die sich mit bestimmten Sportarten befassen, damit ich da mehr in die Tiefe gehen kann. Da warte ich auf Vorschläge.«

Lieber Gott, lass jemanden Handball vorschlagen!

»Und?«

Jette steht betont langsam auf. Leider sitzt das Lätzchen so, dass von dem figurbetonten Einteiler kaum etwas zu sehen ist. Dafür funkeln die Haarspangen.

»Ich würde schrecklich gerne Jazzdance machen, oder vielleicht einen Kurs zur Cheerleaderin.«

Florian Hoffmann runzelt kurz die Stirn, dann lächelt er hinreißend. »Ich glaube, ich bin da nicht der richtige Übungsleiter, das macht aber nichts, weil in der nächsten Woche noch eine Kollegin dazukommt, die ein Referendariat hier macht. Ich glaube, die ist sogar Cheerleaderin gewesen, wir stimmen uns da sowieso noch ab. Andere Vorschläge?«

Jette setzt sich mit frustrierter Miene hin, das war ja wohl nichts, jetzt muss sie zur AG und dann noch bei einer fremden Lehrerin. Schadenfroh grinsen Marie, Johanna und ich uns an.

»Fußball.« Der Vorschlag kommt von vier Jungen gleichzeitig.

Florian Hoffmann nickt. »Das war klar. Da können natürlich auch Mädchen mitmachen. Wir haben Donnerstagnachmittag den Sportplatz zur Verfügung. Da ginge auch Leichtathletik. Hat noch jemand eine Idee?«

Kathi steht auf. »Basketball. Das hatten wir letztes Jahr schon. Wir waren aber nur zu fünft zum Schluss.«

»Das habe ich gehört. Wir können natürlich versuchen, wieder eine Mannschaft zusammenzubekommen. Aber vielleicht habt ihr auch Lust, Handball zu spielen?«

»Ja!« Ich belle meine Antwort so schnell raus, dass Frieda neben mir zusammenzuckt. »Das, ähm, das würde ich gerne mal spielen, ähm, lernen.« Jetzt bin ich wohl knallrot.

FH grinst. »O.k. Paula, wenn ich richtig lese, ja, das finde ich gut. Ich bin übrigens großer Handballfan und würde das gerne mit euch machen. Übrigens, Kathi, du als Basketballerin hast bestimmt Ballgefühl genug, um auch mal Handball zu probieren. Also gut, ich lege nachher Listen aus, in die ihr euch eintragt. Und jetzt steht bitte mal auf und geht ganz gemütlich ein paar Runden. Wer will, kann traben oder rennen, mir ist es egal, Hauptsache, ihr kommt rum. Und los!«

Fünf Minuten später laufe ich wie in Zeitlupe links neben der laut schnaubenden Frieda. Rechts von ihr trabt Marie, dahinter Johanna und Kathi. Wir sind die letzte Reihe. Jette und die Zwillinge hoppeln wie die Kaninchen vorneweg, wir können ihr Gekicher trotz des Lärmes, den 48 Schülerbeine veranstalten, deutlich hören. Ich brauche mir keine Gedanken zu machen, dass ich angeberisch laufe, bei dem Tempo, das Frieda schafft, muss man nur aufpassen, nicht aus Versehen stehen zu bleiben oder umzukippen. Sobald Frieda noch langsamer wird, was ja kaum geht, bekommt sie von links, rechts oder hinten einen sanften Schubs. »Los, einen kleinen Moment noch!«

Wir haben uns irgendwie verbündet, ihr die Drei in Sport zu verschaffen.

Endlich kommt das Kommando von Florian Hoffmann. »O. k., danke. Und jetzt bitte einfach da, wo ihr gerade seid, auf den Boden setzen.«

Frieda lässt sich mit einem lauten Rums einfach fallen und bleibt auf dem Rücken liegen, die Arme waagerecht von sich gestreckt. Ihr Kopf ist knallrot, ihr Blick starr auf die Decke gerichtet.

»Guck mal, der dicke Maikäfer.« Melas Stimme dringt durch die Halle, sie erntet dafür einen giftigen Blick von Kathi und mir und einen undefinierbaren von Florian Hoffmann, der langsam auf uns zukommt. Mein Herz schlägt wie verrückt, so nah war er noch nie. Ich beiße mir auf die Lippe, stupse Frieda unauffällig in die Seite und hoffe, dass er jetzt nichts Doofes zu ihr sagt. Frieda dreht ihren Kopf in meine Richtung und sieht plötzlich ihren neuen Sportlehrer vor sich, der in die Hocke geht.

»Alles in Ordnung?« Er spricht so leise, dass nur wir beide es verstehen können. Frieda nickt und versucht ungelenk, sich aufzurappeln. Er legt seine Hand leicht auf ihre Schulter und schüttelt kurz den Kopf. »Bleib so«, und dann lauter, »seht bitte mal her und legt euch genauso hin, wie Frieda hier liegt. Flach auf den Rücken, mit ausgebreiteten Armen. Gut, Frieda. Wir machen jetzt leichte Dehn- und Stretchübungen.«

Bevor ich der Anweisung folge, kann ich noch einen kurzen Blick auf Jette werfen. Sie versucht sich mit beleidigter Miene so hinzulegen, dass ihre tausend Haarspangen nicht zu brutal auf die Kopfhaut drücken. Das wird schwierig und ich lächele Frieda an, während ich meine Arme ausbreite wie Engelsflügel.

Nach der Stunde kommt Frieda mit erleichtertem Gesicht in die Umkleidekabine. Ich sitze schon auf der Bank und ziehe meine Turnschuhe aus, die billigen übrigens, meine guten Schuhe habe ich im Umzugskarton gelassen. Es sind spezielle Handballschuhe, die ich erst in Malente wieder anziehen wollte. Falls das klappt.

Das Gute ist, dass ich für dieses bisschen Bewegung in meinen tollen Schuhen wie eine Streberin gewirkt hätte, das Blöde ist, dass ich mir mit meinen alten Luschen auf der Hacke eine Blase gelaufen habe. Und was für eine! Mir wird selbst übel, als ich mir meinen Fuß anschaue. Kathi zieht die Luft durch die Zähne ein, als sie das sieht. »Autsch. Du hast wohl auch nicht so oft Turnschuhe an, was?«

»Nicht diese … ich meine, nein, nicht oft. Hat jemand ein Pflaster?«

Frieda steht vor mir und sieht mitleidig auf die Blase. »Oh Gott, ich sag's ja, Sport ist doch nicht gesund. Ich habe Pflaster, warte mal«, sie kramt in ihrer Schultasche, »hier, bitte. Der ist ja vielleicht nett, oder? Ich meine Herrn Hoffmann, er hat mir gerade die Listen für die AGs gegeben und mich gefragt, ob ich mich darum kümmern könne. Er möchte sie gleich zurück.«

Sie wedelt mit den Blättern und sieht sich um. Sofort steht Jette vor ihr und streckt die Hand aus. »Wieso hat er sie ausgerechnet dir gegeben? Weil du so sportlich aussiehst?«

»Nein«, Frieda lächelt sie ungerührt an, »weil ich so aussehe, als ob ich lesen und schreiben kann.«

»Ha, ha.« Marie klopft Jette beim Vorbeigehen auf die Schulter, »deine Glitzerspangen lenken von deinem klugen Gesicht ab. Übrigens, du bist verschwitzt. Igiitt. Nicht, dass du auch noch riechst.«

Sofort geht Jette einen Schritt zurück und schnuppert an ihrem Oberarm. »Quatsch, was soll ...«

Kathi nimmt Frieda die Listen aus der Hand und überfliegt sie. »Fußball, Schwimmen, Leichtathletik, Jazzdance, Handball ...«

Mein Herz rast.

»Handball, Badminton, och nö, ich glaube, ich mache mal Handball. Marie, du auch, oder?«

Sie kramt einen Stift aus ihrer Tasche und trägt Marie und sich ein. »Noch jemand?«

Johanna steht plötzlich neben mir und sagt laut: »Paula, du hast mir doch erzählt, dass ...«

»Das hast du falsch verstanden«, murmele ich. »Ich hab mal in der Schule, ach egal, ich mach da auch mit. Komm, Frieda, trag dich auch ein, wir machen das zusammen, dann helfen wir dir alle und du schaffst die Drei.«

Frieda schüttelt den Kopf. »Das kann ich doch gar nicht. Das ist doch mit Ball und so schnell und ich weiß nicht.«

»Ach was.« Johanna nimmt den Stift und schreibt sich, Frieda und mich ein. »Wir fangen ja alle damit an. Das kann noch keiner.«

Jette tuschelt leise mit Mela und Lucie. Dann beugt sich Lucie vor und zieht die Liste zu sich. »Wir machen auch mit. Schließlich ist *er* Fan. Hat er doch gesagt.«

»Ja.« Jette beginnt damit, ihre Haarspangen rauszufummeln. »Das hat er gesagt. Wir sind dabei. Jazzdance kann ich auch noch nächstes Schuljahr machen. Ich kann die Musik sowieso nicht ab. Und außerdem kriegen meine Mutter und meine Schwester einen Anfall, wenn ich ihnen das sage.«

»Wieso das denn?«, will Johanna wissen.

Jette sieht sie mitleidig an. »Ich bitte dich, Handball ist doch irgendwie ein Proletensport. Meine Mutter wird sich fragen, was ihre Tennisfreundinnen dazu sagen werden.«

Sie fummelt weiter an ihren Haaren herum und ich überlege, wie ihre Mutter und ihre Schwester drauf sind. Anscheinend hat sie meine Gedanken gelesen.

»Guck mich nicht so an, meine Mutter und Silvia

legen viel Wert darauf, dass man immer das Richtige macht und dabei auch so aussieht. Noch was?«

»Nein, nein. Alles klar.« Königin Jette hat tatsächlich mit mir gesprochen.

Schon stehen acht Namen auf der Liste, das ist eine komplette Mannschaft plus einer Auswechselspielerin. Und das ist nur unsere Klasse, die Sport-AGs werden auch der Parallelklasse angeboten. Also wird die AG stattfinden. Garantiert! Nicht zu glauben!

Ich, Paula Hansen, werde tatsächlich mit Großstadtzicken Handball spielen. Es ist zwar nur eine AG und kein Verein, es ist zwar nur einmal in der Woche und ohne Punktspiele, es ist ohne Ellen und Jana, dafür mit Jette und Frieda, es sind alles blutige Anfänger und ich darf nicht zeigen, dass ich es kann, *Malente, Malente*. Aber egal.

MEIN TRAINER IST FLORIAN HOFFMANN.

Und keiner weiß es.

Wirklich ein Glückstag

Ich stehe neben meiner Mutter am Hauptbahnhof und warte auf den Zug aus Kiel. Heute kommt Ellen mit ihren Eltern, die gehen mit meinen ins Musical, Anton schläft bei seinem neuen Freund Lars, im Haus uns gegenüber. Ellen und ich haben den ganzen Abend sturmfreie Bude. Herrlich!

Während der Zug langsam und mit quietschenden Bremsen einfährt, überlege ich, in welcher Reihenfolge ich Ellen alles erzählen soll. Ich habe richtig Angst, wichtige Details zu vergessen. Einiges habe ich ihr auch schon gemailt, ich weiß nur nicht mehr genau, was eigentlich?

Egal, es wird sich ergeben. Dafür habe ich Florian Hoffmann mit meinem Handy fotografiert, das habe ich Ellen noch nicht erzählt. Sie wird durchdrehen.

Mittlerweile steht der Zug und die ersten Leute steigen aus. Und dann erkenne ich schon Ellens grüne Jacke und sehe ihre blonden kurzen Haare. Sie schaut sich suchend um, findet uns und fängt an, wie eine Verrückte beidarmig zu winken. Ich renne auf sie zu und wir fallen uns in die Arme. Ellen seufzt herzzerreißend.

»Ach, Paula, du kannst dir gar nicht vorstellen, wie doof das ohne dich in Mackelstedt ist. Nichts klappt, ich habe eine Fünf in Deutsch geschrieben, in Deutsch, stell dir vor, Thema verfehlt, und wir haben das erste Punktspiel gegen Holmberg verloren, gegen diese dämlichen Tussen, weißt du, wo die Dicke mit den Locken spielt, und ich glaube, Max ist in Vanessa verknallt, in VANESSA, wie findest du das? Und ...«

»In Vanessa? Vanessa Purschke? Das glaube ich nicht.« Schockiert sehe ich Ellen an. Vanessa ist die dümmste Blondine, die wir in unserer Klasse hatten. Dagegen ist Jette ein Witz. Ellen winkt ab und formt mit den Lippen leise: »Später.«

Ellens Mutter kommt zu uns und nimmt mich kurz in den Arm. »Hallo Paula. Und du hast dich schon so gut eingelebt, sagt deine Mutter? Siehst du, wenn man sich Mühe gibt, ist alles leichter.«

Und wenn man nach Malente darf, denke ich und lächele nett.

Im Auto sitzen Ellen und ich mit ihrer Mutter hinten und können deshalb nicht ungehemmt reden. Also hören wir meiner Mutter zu, die das Programm des Wochenendes verkündet.

»Wir fahren erst mal zu uns und zeigen euch alles. Morgen gehen wir schön frühstücken, es gibt eine ganz tolle Kneipe bei uns um die Ecke, danach gehen wir in die Stadt.«

Ellen und ich sehen uns bedeutungsschwer an. Hoffentlich müssen wir nicht mit.

»Bei uns im Viertel ist übrigens ab morgen Stadtteilfest«, fährt Mama fort, »da wollten wir abends mit euch hin. Lauter Fressbuden, Cocktailbars und Musik. Ab nachmittags spielen richtige Bands, Paula kennt sogar einige von den Musikern.«

Was? Ist mir ja ganz neu!

»Echt?« Ellen und ihre Mutter beugen sich gleichzeitig vor. »Wen denn?«

»Keine Ahnung.« Ich sehe im Rückspiegel die Augen meiner Mutter und warte auf ihre Antwort.

»Na, der Sohn von der Bäckerei spielt doch in einer Band, dieser Julius. Und sein Freund Thorben. Paula geht mit den Schwestern von beiden in eine Klasse.«

Ach du Schande! Julius spielt da mit? Das habe ich überhaupt nicht mitbekommen. Mama natürlich schon. Typisch! Und überhaupt habe ich die Affen total vergessen. Oder verdrängt. Es gibt wirklich Wichtigeres in meinem Leben als diese Spinner. FH sind die Zauberbuchstaben! Und dann dieser Vanessa-Schock.

»Mama, ich kenne die überhaupt nicht.«

»Paula! Ihr kennt euch doch aus der Schule«, antwortet meine Mutter kopfschüttelnd.

»Das sind Vollidioten!«, flüstere ich Ellen zu, »die fühlen sich super und sind richtige Pfeifen. Aber eingebildet wie nur was.«

»Was hast du gesagt?«

»Nichts, Mama. Guckt mal, da ist meine Schule, jetzt sind wir gleich da.«

Mein Vater und Anton öffnen die Tür, als wir in die Auffahrt fahren. In dem Durcheinander von Begrüßung und Taschenausladen huschen Ellen und ich ins Haus und verziehen uns sofort in mein Zimmer. Ellen lässt sich auf mein Sofa fallen. »Meine Güte, was die alles erzählen müssen, lauter banales Zeug. Kaum auszuhalten! Was sind das denn jetzt für Musiker, die du kennst?«

»Musiker! Wenn das mal stimmt. Der eine, dieser Thorben, ist der Bruder von Marie, weißt du, die mit den Weisheitszähnen, von ihr habe ich dir schon erzählt.«

»Die später gekommen ist, die war doch nett, oder?«, fragt Ellen.

»Ist sie auch. Jedenfalls ist Thorben in der Neunten und spielt Schlagzeug in einer Band. Und der andere ist der Bruder von Johanna. Ein selten beknackter Typ. Und dann noch rothaarig.«

»Julius?«

»Genau. So was will man gar nicht kennen. Den kann ich überhaupt nicht ab, der hält sich aber für den Supertyp.«

Ellen setzt sich gerade hin. »Sind Johanna und Marie denn morgen auch auf dem Stadtteilfest?«

»Die wollten hin«, antworte ich. »Also Marie wollte auf jeden Fall. Johanna wusste noch nicht, ob sie darf.«

»Wir können sie doch mitnehmen, dann kann ich sie auch mal sehen, wenn du schon so viel von ihnen erzählst.« Ellen sagt das in einem komischen Ton. Und sie guckt auch so.

»Ist was?«

»Nö. Aber wenn das schon deine Freundinnen sind.«

»Ellen. Das sind nicht meine Freundinnen! Die gehen in meine Klasse. Sie sind alle nicht so wie du. Wir treffen uns auch nie richtig, nur in der Schule. Die Einzige, die mich zweimal besucht hat, ist die dicke Frieda. Sie gibt mir Nachhilfe in Mathe, dafür helfe ich ihr, eine Drei in Sport zu kriegen. Ich weiß nur noch nicht, wie ich das machen soll, sie kann echt überhaupt nichts. Dabei machen wir im Moment nur so ein bisschen Gymnastik und ganz wenig Konditionstraining. Und Frieda sieht nach drei Minuten aus, als würde sie explodieren. Dabei gibt sie sich schon Mühe. Wegen Florian Hoffmann. Ach übrigens«, ich suche das Foto in meinem Handy und zeige es ihr, »so sieht er aus.«

Elektrisiert fährt Ellen hoch und beugt sich über das Display. »Florian Hoffmann. Echt! Los, erzähl!«

Ich hole tief Luft. »Also, Florian Hoffmann! Er ist in echt noch viel besser als im Fernsehen oder von der Tribüne aus. Er ist total nett und sieht irre aus. Letztes Mal hat er Frieda gelobt, weil sie sich so anstrengt, obwohl sie wirklich nichts richtig kann. Alle sind total in ihn verknallt! Wir machen jetzt eine Handball-AG, das habe ich dir ja schon erzählt. Da haben sich aus meiner Klasse acht und aus der Parallelklasse noch mal sechs gemeldet, alle nur seinetwegen, von denen kann keine Einzige Handball spielen. Aber er hat gesagt, dass es ihn nicht stört, er bringt es uns bei.«

Ellen hat ganz große Augen bekommen. »Da hast du doch bestimmt richtig Eindruck gemacht. Als du das erste Mal den Ball in der Hand hattest.«

»Die AG fängt erst nächste Woche an.«

»Aber die wissen doch, dass du spielen kannst.«

»Nein.«

»Was?« Ellen starrt mich entgeistert an.

»Nein. Es weiß keiner. Na ja, vielleicht ahnt Johanna was. Sie hat die Fotos auf der Pinnwand gesehen. Aber ich habe hinterher gesagt, ich hätte nur in der Schule mal Handball ausprobiert.«

»Und ER?«

»Auch nicht, er hat nicht gefragt.«

Meine Freundin lässt nicht locker. »Aber das merken doch dann alle.«

»Ich hoffe nicht.«

»Was?« Jetzt ist sie fassungslos.

»Ich soll doch nicht angeben und nett zu den anderen sein, sonst darf ich nicht nach Malente. Jette kann mich sowieso nicht leiden, und wenn ich jetzt sage, ich habe im Verein gespielt und kann das, kriegt sie einen Hals. Sie ist doch die Königin der Klasse. Und ich will ja nicht die Streberin sein, das denken dann aber alle. Das ist doch bescheuert.«

Ellen kratzt sich nachdenklich am Knie. »Und jetzt willst du extra schlecht spielen? Und keinen Ball fangen? Und nie das Tor treffen? Das wird heftig.«

»Nur am Anfang. Kathi kann Handball bestimmt schnell, sie hat ja Basketball gespielt und ist sehr groß. Die trifft das Tor. Und ich tue so, als ob ich schnell lerne. Mal sehen.«

Mit skeptischem Blick mustert Ellen die Fotos an meiner Pinnwand. »Du fliegst auf! Irgendwann geht es mit dir durch, du kriegst den Ball, machst einen Alleingang und zimmerst den Ball aus zwölf Metern oben rechts in die Ecke. Wie im letzten Spiel. Und dann gucken alle blöd. Aber du kannst ja versuchen, den Affen zu machen. Ich bin sehr gespannt.«

Meine Mutter ruft zum Essen und wir verschieben alles Weitere auf später.

Später, als unsere Eltern im Musicaltheater sind und Anton bei Freund Lars ist, liegen Ellen und ich auf meinem Sofa. Wie immer, nebeneinander. Die Füße auf dem kleinen Tisch, neben den Füßen roten Tee und zwischen uns eine Tüte Haribo Colorado. Das ist übrigens das Zeichen einer guten Freundschaft: Wenn kein Teil in der Tüte bleibt, hat die Freundschaft Bestand. Ich hasse die rosa Fruchtgummis mit den Liebesperlen, die mag Ellen am liebsten. Ich finde das braune Lakritzkonfekt am besten, Ellen kann die noch nicht mal riechen. Alle anderen essen wir beide gerne. Wir kriegen jede Tüte leer, deshalb bleibt sie auch meine beste Freundin. Ganz klar.

Erst kauen wir schweigend, dann fällt mir ein, was Ellen am Bahnhof gesagt hat.

»Was ist denn jetzt mit Max Petersen?«

Sie seufzt, dann langt sie in die Tüte, nimmt vier Weingummis gleichzeitig und stopft sie in den Mund. »Vanescha!«

»Was?«

Sie schluckt und hustet und versucht es noch mal. »Vanessa. Die blöde Kuh hat sich an ihn rangemacht.«

»Wie denn? Die kennen sich doch gar nicht.«

»Dachte ich auch. Aber dann stand sie plötzlich vor der Sporthalle. Am ersten Trainingstag nach den Ferien. Mit so einem albernen rosa Turnbeutel.« Ellen schüttelt sich bei der Erinnerung. »Sie hat gesagt, sie will jetzt auch Handball spielen. Ha! So sieht sie auch aus. Na ja, du kennst ja unseren Trainer, der sagt natürlich sofort, klar, wir brauchen immer Leute, sie soll sich umziehen und gleich mitmachen. Also sind wir reingegangen, sie zieht sich so eine gelbe enge Radler an, so ein kleines Hemdchen, alberne rosa Mädchenturnschuhe und trippelt in die Halle. Sie hat natürlich keinen einzigen Ball gefangen, läuft wie ein Hühnchen, weißt du, als ob ihre Knie zusammengebunden wären, kichert die ganze Zeit und starrt pausenlos zur Tür.«

Ich kann es mir lebhaft vorstellen. Derselbe Typ wie Jette, aber noch dümmer und blonder. Und null sportlich.

»Und dann?«

Wieder ein Seufzer.

»Ja, und dann kamen irgendwann die Ersten aus der

männlichen B-Jugend. Max Petersen als Erster. Wenn die früher da sind, setzen die sich immer auf die Bank und gucken bei uns noch zu. Und dann hat Vanessa eine richtige Show abgezogen. Ließ sich dauernd fallen, rannte völlig gaga durch die Gegend, lachte albern – wir haben uns nur angeguckt und überlegt, in welchem Film wir sind.«

»Und weiter?«

Ellen setzt sich aufrecht hin. »Paula, die Typen fanden das super! Max Petersen hat sie angeglotzt, als hätte er eine Erscheinung. Und als sie nach dem Training an der Tür stehen blieb, rein zufällig natürlich, hat er sie gefragt, ob sie noch auf ihn warten könnte. Ich hätte reihern können.«

Jetzt sitze ich auch gerade. »Echt? Und weiter? Du wolltest doch mit Max zum Baggersee?«

»Der ist doch krank geworden, hat er wenigstens gesagt. Keine Ahnung. Er hat mich auch nicht noch mal gefragt. Vanessa sieht im Bikini bestimmt auch besser aus als ich.«

»Ach Quatsch«, sage ich, »die hat doch so dünne Beine.«

Ellen putzt sich geräuschvoll die Nase. »Da stehen die Typen wohl drauf. Diese Schlampe. Ich wünsche ihr Pickel an den Hals. Auf jeden Fall waren sie letztes Wochenende zusammen im Kino. Hättest du das von Max gedacht?«

»Mit so einer Trulla? Im Leben nicht.«

»So ein Idiot.« Ellen reißt die nächste Tüte Colorado

auf. »Ich hoffe nur, dass die nicht mehr zum Handball kommt. Dann drehe ich durch. Ach, Paula, ich finde den so süß!«

Ich denke kurz an Jette im Silberleibchen und an ihren Gesichtsausdruck, wenn sie Florian Hoffmann anguckt. Aber er ist nicht so ein Idiot. Da bin ich mir sicher.

Am nächsten Tag kommen wir erst um 17 Uhr vom Einkaufen zurück. Ich bin fix und fertig, meine Füße tun weh. Wir sind in ungefähr zweihundert Geschäften gewesen, ätzend!

Ellen hat sich ein T-Shirt ausgesucht, auf dem HAMBURG steht, das würde ich nie im Leben anziehen. Aber sie findet es super. Na ja.

Das Einzige, was ich gern gehabt hätte, wäre ein neuer Trainingsanzug gewesen. Ellens Mutter hat sofort gesagt, das wäre ja Quatsch, sie würde mir meinen schicken, Ellen bräuchte keine zwei gleichen Anzüge und außerdem wäre es doch witzig, wenn ich in Hamburg mit meinem Mackelstedter Vereinslogo auflaufen würde. Ganz toll, sie haben wirklich überhaupt keine Ahnung.

Ich sollte mir auch ein T-Shirt aussuchen, fand aber alle doof. Übermorgen habe ich zum ersten Mal Handball-AG, da renne ich dann in meiner alten labbrigen Jogginghose rum. Super!

»Mensch, Paula, du hast aber echt schlechte Laune.« Ellen stupst mich in die Seite, als wir aus dem Auto steigen. »Hör mal! Ist das schon die Musik vom Stadtteilfest?«

Bässe und Gesangsfetzen wehen zu uns rüber. Zumindest ist da schon richtig was los.

Ich reiße mich zusammen und hake mich bei Ellen unter. »Hört sich so an. Wollen wir da jetzt hin?«

Sie nickt begeistert und dreht sich zu ihren Eltern um. »Können wir schon hingehen?«

Ellens Mutter guckt meine an, die sieht auf die Uhr und antwortet: »Ja, geht nur. Aber wir treffen uns in einer Stunde. Vor der Bäckerei, alles klar?«

Ellen überlegt kurz. »Ich wollte mich eigentlich noch umziehen.« Und etwas leiser: »Und schminken.«

»Quatsch. Heißt du Vanessa?« Ich bin entsetzt, sie winkt ab.

»Schon gut. Also komm.«

Langsam laufen wir durch die gesperrten Straßen und sehen uns die Stände an. Es ist gar nicht viel anders als der große Flohmarkt in Mackelstedt. Es gibt Klamotten, gebrauchte Bücher, Schmuck, Wurstbuden, Bierstände, Eiswagen. Und Unmengen von Menschen. Nach einer halben Stunde habe ich keinen blassen Schimmer mehr, wo wir gerade sind und in welcher Richtung die Bäckerei liegt. Noch nicht mal ungefähr.

Ellen bleibt plötzlich stehen und deutet auf den Platz vor uns. »Guck mal, da ist die Bühne, da spielen die Bands.«

»Da ist doch niemand.«

»Dann haben die eben Pause. Komm, wir gehen hin. Wo müssen wir denn nachher lang?«

»Keine Ahnung. Ich weiß nicht genau, wo wir gerade sind.«

»Ach Paula«, Ellen schüttelt den Kopf, »du wohnst doch hier. Na ja, dann müssen wir eben fragen. Wie heißt denn die Bäckerei?«

Während ich angestrengt über den Nachnamen von Johanna nachdenke, erkenne ich plötzlich Marie, die am Rand der Bühne sitzt. Glück gehabt, sie kennt sich wenigstens hier aus.

»Schnell, da ist Marie, lass uns mal hingehen.«

Ellen lässt sich mitziehen, wir schieben uns durch die Menge. Ich hoffe sehr, dass Marie noch da ist, wenn wir die Bühne erreichen, mir ist der Name der Bäckerei nämlich immer noch nicht eingefallen. Aber ich habe Glück. Sie sitzt da und hebt den Kopf, als ich vor ihr stehe.

»Hey, Paula. Du bist ja doch da. Die fangen gleich an zu spielen.«

Die blöde Band habe ich ganz vergessen. Ich will doch nur wissen, wo wir uns mit unseren Eltern treffen. Vielleicht kommen wir vorher weg.

»Ah ja, das ist übrigens meine Freundin Ellen. Wo ist eigentlich ...«

»Hallo. Kommt Johanna auch?«, fragt Marie.

»Ich weiß nicht, wir können sie ja abholen, wie kommen ...«

»Das braucht ihr nicht, das kleine Stück kann sie

ja alleine gehen.« Sie sieht Ellen an und zeigt in die Richtung, aus der wir gekommen sind. »Sie wohnt da in dem gelben Haus, die Bäckerei mit dem Pizzastand davor.«

Ellen folgt ihrem Finger und schaut erst das Haus und dann mich vielsagend an. »Ach, das Haus, an dem wir gerade vorbeigelaufen sind.«

»Es sieht heute alles ganz anders aus«, verteidige ich mich, »wir können ja schon hingehen, die ...«

Plötzlich fängt Marie an, wie eine Verrückte zu applaudieren. Die Zuschauer klatschen und johlen, ich drehe mich um und sehe dem größten aller rothaarigen Idioten auf der Bühne genau in die Augen. Er deutet grinsend eine Verbeugung an und greift zu seiner Gitarre.

Ellen zupft mich an meinem Ärmel und starrt gebannt zum Schlagzeug. »Guck mal, der ist ja süß.«

Thorben winkt seiner Schwester zu und Ellen wird knallrot. »Oh Gott, meint der etwa mich?«

»Nein. Er meint Marie. Das ist ihr Bruder.«

»Echt?« Sie fährt sich mit allen zehn Fingern durch die Haare. »Den kennst du? Und ...«

Die Band legt los. Sie spielen sehr laut, so laut, dass die Bässe in meinem Bauch wummern. Ich gucke betont gelangweilt über den Platz und hoffe, dass ich meine Eltern gleich irgendwo sehe.

»Der Gitarrist mit der schwarzen Kappe starrt dich an.« Ellen muss schreien, um die Musik zu übertönen.

»Quatsch.«

»Doch. Da, schon wieder.«

»Ellen, da sind deine Eltern, komm, wir müssen zu ihnen.«

»Och, Mensch.«

»Komm.«

Entschlossen ziehe ich sie weg.

Kurz vor der Bäckerei kommt uns Johanna entgegen. Sie winkt, als sie mich erkennt, und bleibt stehen. »Guck mal, ist das nicht irre? Die Bühne ist genau uns gegenüber, ich musste gar nicht fragen, ob ich darf. Super, oder?«

»Ja, super. Das ist meine Freundin Ellen aus Mackelstedt.«

»Hi, ich habe schon die Fotos von dir an Paulas Pinnwand gesehen. Kommt ihr mit zur Bühne?«

»Wir treffen uns erst mit unseren Eltern und ich habe eigentlich keine ...«

Ellen tritt mich an den Knöchel. »Wir sagen nur Bescheid, wo wir sind, und verabreden uns für später. Die machen ja richtig gute Musik.«

Johanna guckt ein bisschen stolz. »Obwohl das ewige Üben bei uns in der Garage schon nervt.«

»Die üben bei euch?«, fragt Ellen nach.

Johanna nickt. »Ja, mein Bruder spielt ja mit.«

Ellen fällt es anscheinend wieder ein. Sie dreht sich zur Bühne um. »Ach ja, stimmt. Welcher ist denn dein Bruder?«

»Der mit der schwarzen Kappe, der Gitarrist.«

»Waas? Das ist ...«

Ich trete zurück und treffe. »Komm, Ellen, da sind sie. Bis später, Johanna.«

Während Ellen weiterhumpelt, kneift sie mich in die Hüfte. »Du hast gesagt, das wären Idioten. Die sehen aber nicht so aus. Ich hätte mich doch umziehen sollen.«

»Ellen. Sie sind Idioten! So. Hallo Mama. Ist es euch hier nicht zu laut?«

Es ist den anderen nicht zu laut. Ganz im Gegenteil, sie finden diese Musik auch noch gut, so gut, dass wir näher rangehen. Keine fünf Meter von der Bühne setzen wir uns auf eine lange Bank, gegenüber von Marie, ihrer Mutter und Johanna.

Nach einer Viertelstunde gibt es eine Pause. Und weil heute anscheinend mein Glückstag ist, kommen zwei der Bandmitglieder an den Tisch. Thorben lässt sich von seiner Mutter durch die Haare strubbeln, ihm ist das peinlich, während ihn Ellen mit einem so schwachsinnigen Gesichtsausdruck anstarrt, dass ich mich gezwungen sehe, sie in den Oberschenkel zu kneifen. Julius hingegen, der Obercoole, der Superheld, lässt sich lässig auf die Bank fallen und schnappt sich Johannas Cola. Er zwinkert mir affig zu, ich starre über sein Ohr auf den Platz hinter ihm und entdecke: FLORIAN HOFFMANN. Sofort wird mein Kopf heiß und ich bekomme Herzrasen.

»Ellen, schnell, dreh dich um. Da!«

Julius hat natürlich nichts geschnallt, beugt sich trotzdem vor und sagt: »Wieso wirst du rot, Landei, macht das unsere Musik?«

Ellen hat mich anscheinend nicht gehört, sie sitzt immer noch unverändert da, mittlerweile hat Thorben sie aber irgendetwas gefragt, was ich wiederum nicht verstanden habe. Sie stecken die Köpfe zusammen und reden, der rothaarige Affe guckt mich immer noch an, und als ich mich wieder umdrehe, ist Florian Hoffmann weg.

Wirklich ein Glückstag.

Ich atme ganz ruhig aus und gucke dem Großstadtaffen widerwillig ins Gesicht. »Nein, das macht die Sonne. Ist eure Pause nicht bald vorbei?«

Er grinst blöde. »Los, Thorben, die Fans wollen mehr hören, es geht weiter. Bis später dann.«

Wie kann man nur so dämlich sein? Und keine Spur mehr von FH!

Ellen sieht ihnen nach. »Paula, der Typ ist ja total super.«

»Wer? Thorben?«

Sie kneift mich in den Oberschenkel. »Nein, der ist ja ganz nett, aber ich meine Julius. Der sieht ja richtig cool aus. Und ich glaube, der findet dich auch toll.«

»Ellen! Du hast gerade Florian Hoffmann verpasst, der stand da vorne.«

»Echt? Blöd. Na ja. Aber noch mal zu Julius, wie ...«

Und jetzt bin ich dankbar, dass die Musik in brüllender Lautstärke wieder einsetzt. Unauffällig werfe ich einen Blick zum Gitarristen. So unauffällig, dass ich von der Bank rutsche, weil Ellen neben mir plötzlich aufspringt. Und während ich auf allen vieren wie ein nasser Sack unter dem Tisch hänge, spüre ich grüne Augen, die mich mustern.

»Was machst du da unten?« Ellen brüllt so laut, dass mich alle Umstehenden ansehen.

»Nichts.« In Rekordzeit bin ich wieder oben und schaffe einen ganz normalen Gesichtsausdruck. »Wollte nur mal gucken.«

»Du bist ja ganz rot.«

»Quatsch!«

Julius grinst mich tatsächlich an. Ich würde jetzt gern tot umfallen.

Sechs Spieler und ein Torwart

Die Handball-AG beginnt um 15 Uhr. Ich habe Johanna viel zu früh abgeholt, trotzdem ist sie schon fertig gewesen. Jetzt sind wir die Ersten, die Halle ist noch zu. Wir setzen uns auf das Geländer neben dem Eingang. Johanna ist ganz zappelig.

»Hoffentlich stelle ich mich nicht so doof an. Du hast doch schon mal gespielt, ich habe doch die Fotos an deiner Pinnwand gesehen. Das war ein richtiges Mannschaftsbild. In einem Verein. Sag mal ehrlich.«

Ich fühle mich überrumpelt und überlege, wie ich das erklären soll, ohne sie anzulügen. Das geht gar nicht. Zum Glück kommen Kathi und Marie in diesem Moment auf Fahrrädern um die Ecke geschossen. »Hallo. Ist noch zu?«

Wir nicken und ich vermeide es, Johanna anzugucken.

Ein Auto fährt langsam auf den Parkplatz und hält. Die Beifahrertür öffnet sich und Frieda steigt aus, winkt dem Fahrer und kommt langsam auf uns zu.

»Hallo. Mein Vater wollte mir nicht glauben, dass ich zur Sporthalle will. Deshalb hat er mich gebracht.«

Marie winkt dem Wagen hinterher und grinst. »Der wird sich wundern, wenn du die Drei schaffst.«

Frieda lehnt sich neben mich an das Geländer. »Ich auch. Guckt mal, das Trio macht Begleitschutz.«

Florian Hoffmann kommt auf uns zu, diesmal im schwarzen Trainingsanzug, umringt von Jette, Mela und Lucie, die ihn alle drei anhimmeln. Widerlich!

Er läuft mit langen Schritten die Stufen zu uns hoch und lächelt in die Runde. »Und alle superpünktlich! Hallo zusammen.«

Während er die Hallentür aufschließt, bohren sich sämtliche Augenpaare in seinen Rücken, selbst Frieda sieht anders aus als sonst.

Zehn Minuten später sitzen wir auf zwei schmalen Bänken neben dem Spielfeld. Aus der Parallelklasse sind noch vier Mädchen dazugekommen. Tina, Ulli, Bianca und Anne, ihre Namen stehen ebenfalls auf den weißen Lätzchen. Florian Hoffmann sieht uns der Reihe nach an, dann fragt er: »Wer von euch hat hier schon Handball gespielt?«

Hier nicht, ich lasse meine Hand unten, genauso wie alle anderen.

»Wer kann mir sagen, um was es im Handball geht? Kathi?«

»Tore werfen.«

»Genau. Wie viele Spieler gehören zu einer Mannschaft? Ja? Lucie?«

»Sechs Spieler und ein Torwart.«

»Richtig. Nachgelesen?«

»Sportschau gesehen.« Lucie lächelt verlegen.

FH nickt. »Sehr gut. Was muss man unbedingt können? Wieder Kathi?«

Sie streckt sich und erntet einen eifersüchtigen Blick von Jette. »Fangen, werfen und den Ball prellen.«

»Und schnell rennen.« Jette ist aufgestanden. Sie hat wieder knallenge Leggins und ein zu kurzes Hemdchen an. Ihre Haarspangen sind heute gold. »Und man muss gelenkig sein.«

»Das schadet nichts, man kann das aber auch alles lernen.« Florian Hoffmann mustert Jette freundlich. »Du siehst ja schon sehr gelenkig aus. Aber was glaubt ihr, ist das Wichtigste? Frieda, was meinst du? Oder du, Marie?«

Frieda ist schneller: »Die Spielregeln und das Mannschaftsspiel.« Alle starren sie an. Sie guckt ruhig zurück. »Ich habe gegoogelt. Die Regeln sind gar nicht so schwer.«

Mela und Jette kichern, was Frieda völlig ignoriert. »Ich habe sie mir ausgedruckt. Und ich habe gelesen, dass eine Mannschaft nur gut ist, wenn alle zusammenspielen können. Ich fand das interessant.«

»Sehr schön, Frieda. Also, dann wollen wir doch mal anfangen, ganz von vorne und so, dass es allen Spaß macht. Immer zu zweit einen Ball, wir lernen erst mal fangen und werfen.«

Hi Ellen,
wir haben jetzt schon dreimal Handball-AG gehabt und jedes Mal bin ich hinterher total fix und fertig. Es ist gar nicht so schwierig, so zu tun, als hätte ich keine Ahnung, weil ich alle Paarübungen einfach zusammen mit Frieda mache. So wie sie wirft, kann man gar keinen Ball fangen, und in dem Tempo, in dem sie sich bewegt, sieht jede Übung unmöglich aus. Was mich wahnsinnig macht, ist diese dämliche Jette! Ich muss dauernd an deine Geschichte von Vanessa denken, ganz genauso ist unser blondes Gift. Sie zieht ihre Show nur leider nicht für die Jungs aus der B-Jugend ab, sondern einzig und allein für Florian Hoffmann. Und der fällt da anscheinend auch noch drauf rein. Sie fängt nicht einen Ball, sie bewegt sich, als wenn sie auf dem Schwebebalken hüpft, sie braucht ewig, bis sie in der Umkleidekabine ihre Haare fertig gesteckt hat, kurz: SIE GEHT MIR AUF DEN NERV!!!
Mich ignoriert sie, wahrscheinlich, weil ich immer mit Frieda zusammen trainiere, wir sind für sie die Oberloser. Ist mir ganz recht. Ich würde sooo gerne mal wieder richtig spielen. Na ja. Aber Florian ist einfach toll. Er hat neulich ein paar Mal aufs Tor geworfen, hat nicht gemerkt, dass ich noch auf dem Flur stand. Wahnsinn! So möchte ich mal spielen können. Anton ist jetzt übrigens in den Fußballverein eingetreten, das wollte er unbedingt, weil sein neuer Freund Lars da auch spielt. Meine Mutter kam na-

türlich sofort mit einem Aufnahmeformular für die Handball-Abteilung an, ich habe dankend abgelehnt. Ich will keinen neuen Verein, außerdem haben die montags Training, da habe ich AG. Und wer ist so irre, Florian Hoffmann gegen irgendeinen langweiligen Stadtteiltrainer einzutauschen? Ich bestimmt nicht!
Kathi kann übrigens ganz gut spielen, die kann ja werfen, fangen und prellen. Das mit dem Torewerfen klappt noch nicht so, aber das sieht bei ihr schon fast richtig aus. Und Marie ist affenschnell. Die hängt mich ab, das kannst du dir nicht vorstellen.
Gestern hatte ich wieder so eine Begegnung der dritten Art mit dem Großstadtaffen. Ich war bei Karstadt, weil ich mir die ›Handballwoche‹ kaufen wollte, warte an der Kasse, plötzlich steht der hinter mir und sagt: »Na, willst du ein bisschen auswendig lernen, damit der tolle Hoffmann denkt, dass ihr Mädels Ahnung vom Handball habt?« Was ist das bloß für ein Idiot? Ich könnte ihm jedes Mal eine reinhauen. Aber dann denke ich an Malente und dass das schon in zweieinhalb Monaten ist. Und gucke ihn gelangweilt an.
Jetzt muss ich Schluss machen, ich gehe gleich zu Frieda. Am Donnerstag hab ich Mathearbeit. Drück mir die Daumen! HDGDL, Paula

Hey Paula,
ich finde, dass du Julius ziemlich oft triffst ...
Vanessa kommt nicht mehr zum Handball, sie findet uns zu »ruppig«. Das hat sie zu Max gesagt, der guckt deshalb nicht mehr bei uns zu. Wenigstens sind wir sie los.
Mehr ist nicht passiert, Küsse, Ellen

Ellen!
Ich schreib nicht oft über den Idioten!!!
Paula

Jeder eine Drei

Friedas Mutter öffnet mir die Tür. Sie lässt mich vorbei und deutet zur Treppe. »Frieda ist oben. Geh ruhig rauf.« Ich frage mich, ob ich jetzt jede Tür öffnen muss, weil ich keine Ahnung habe, welches ihr Zimmer ist, als ich plötzlich einen lauten Sportkommentator aus dem Fernseher höre:

»Sie spielen sie schwindelig, wieder Hens ... zu Schwarzer, der dreht ... meine Güte, er ist nicht zu halten ... und, ja! Tor! Das 28 : 27, was eine Spannung!«

Ich öffne ungläubig die Tür, hinter der ganz offensichtlich ein Spiel der deutschen Handball-Nationalmannschaft läuft, und sehe Frieda, die aufrecht vor dem Fernseher sitzt und sich Notizen macht. Sie dreht sich um, als sie mich kommen hört, und drückt auf einen Knopf der Fernbedienung. »Oh, Paula, da bist du ja schon, ich habe nicht auf die Zeit geachtet.«

»Was machst du da? Guckst du Handball?«

Sie sieht mich mit ihren klaren Augen an und nickt ernst. »Ja. Ich habe mir die Handball-Weltmeisterschaft als DVD geliehen, die meisten Spiele habe ich schon gesehen.«

»Und was schreibst du da auf?« Ich versuche, die

dicht beschriebenen Blätter zu entziffern, aber wie alle Genies hat Frieda eine Sauklaue.

»Ich schreibe mir die Ausdrücke auf, die ich nicht verstehe, und schlage sie dann nach.«

Sie tippt auf ein Buch, das auf ihrem Schreibtisch liegt. »Handball-Trainingslehre«.

Ich bin sprachlos.

»Weißt du, Paula, ich bin bestimmt nicht die Sportlichste, aber vermutlich die Erste, die die Regeln lernt und die Fachausdrücke kennt. Na ja, zumindest die meisten. Vielleicht kommt der Rest ja dann von selbst. Also, für eine Drei wenigstens.«

Mir fällt immer noch nichts ein.

»Jetzt guck doch nicht so entsetzt. Wenn ich eine Sache nicht verstehe, muss ich mir das langsam beibringen. Und je mehr ich darüber weiß, umso interessanter finde ich das. Dann ist es auch nicht mehr so anstrengend.«

»Du guckst dir die Spiele im Fernsehen an und glaubst, dass du das dann kannst?« Ich fasse es nicht.

»Nein, natürlich nicht«, sagt Frieda verlegen. »Aber ich wollte wissen, warum Herr Hoffmann Handball so toll findet.«

»Und, weißt du es jetzt?«

Frieda sieht mich zufrieden an. »Es ist ein ganz spannender Sport. Die Regeln sind logisch, zwei Mannschaften, die abwechselnd verteidigen und angreifen, jeder Spieler hat eine feste Position, man braucht zwei schnelle Leute außen, zwei gute Werfer rechts und links, dann mindestens einen, der von der Mitte aus das Spiel dirigiert, und vielleicht einen, der die gegnerische Verteidigung durcheinanderbringt und dabei selbst Tore werfen kann. Das ist ein Kreisläufer. Ach ja, und einen Torwart, der muss gute Reflexe haben.«

Ich glaube es nicht, ich lasse mir von der dicken Frieda Handballspielen erklären. Und wie einfach sie das macht.

»Und was bedeuten die Linien im Spielfeld?«

»Wichtig sind die Halbkreise um das Tor, im Abstand von sechs Metern, in den Kreis darf man nicht rein, also, nur der Torwart. Dann gibt es einen Siebenmeter-Punkt, von da werden die Strafwürfe ausgeführt. Und einen Neunmeterkreis, von da gibt es Freiwürfe, die heißen so, weil man sie bekommt, wenn man vom Gegner gefoult wurde. Oder wenn er gegen die Regeln verstößt.«

Sie hat es verstanden. Ich bin beeindruckt und nicke. »Wenn du mir genauso gut Mathe erklären kannst, rettest du mich.«

Ihre Augen glänzen. »Mathe ist kein Problem. Beim Handball bin ich mir noch nicht sicher, ob ich dir das richtig erklärt habe, ich glaube nur, dass es so geht.«

»Doch, Frieda, das war alles richtig.«

Sie winkt ab. »Ich weiß nicht, ob du das beurteilen kannst.«

Ich hole tief Luft. Sie ist wirklich nett. »Frieda, ich muss dir was erzählen, du musst mir aber versprechen, dass es unter uns bleibt.«

Zwei Stunden später klappen wir die Mathebücher zu. Ich verstehe jetzt, was Damenbart-Schröder von mir will, Frieda weiß jetzt, was eine Zweiminutenstrafe ist (ein Spieler muss nach einem groben Foul oder wegen Meckerns für zwei Minuten auf die Auswechselbank, seine Mannschaft muss zu fünft weiterspielen), und wir haben beschlossen, uns am Samstag auf dem Schulsportplatz zu treffen. Da steht ein Handballtor, ich habe zu Hause einen Handball, außer uns ist niemand am Wochenende da, also können wir heimlich und in Ruhe fangen, werfen, Ballführung und Torwürfe üben.

An der Haustür drehe ich mich noch einmal um. »Frieda, das Motto ist: Jeder eine Drei!«

Sie grinst, wird ein bisschen rot und antwortet: »Mein Vater flippt aus. Ja, versprochen!«

Der Weg von Frieda zu uns ist wirklich einfach, immer nur geradeaus und an der Tankstelle links rein. Ich denke darüber nach, ob Frieda sich wegen der Geige oder wegen Florian Hoffmann so reinhängt. In unserem Gespräch habe ich ihr erzählt, dass er Bundesligaspieler war und sogar einmal zum Handballer des Jahres gewählt wurde. Da ist sie fast ausgeflippt. Na ja, so wie sie eben ausflippt: Sie ist rot und aufgeregt geworden und ihre Stimme hat gezittert, als sie ehrfürchtig »Echt?« gesagt hat. Ich glaube, sie ist ein bisschen in ihn verknallt.

Kurz vor der Tankstelle joggen ein Junge und ein

Mädchen aus einer Seitenstraße. Er läuft ganz leicht, mit langen Schritten, es sieht toll aus. Sie ist kleiner und schnauft ganz schön. Und dann erkenne ich plötzlich seine Kappe und die roten Haare! Verblüfft bleibe ich stehen und starre ihnen hinterher. Julius rennt da mit Mela, diesem halben Zwilling, durch die Gegend. Das muss ich sofort Johanna erzählen. Ich habe den Gedanken noch nicht zu Ende gedacht, als Lucie und Jette aus derselben Seitenstraße biegen. Julius rennt mit dem ganzen Trio!

Lucie hat einen knallroten Kopf und ganz verklebte Haare. Jette sieht aus, als würde sie gleich umfallen. Sie läuft wirklich wie Vanessa, als hätte man ihr die Knie zusammengebunden. Affig!

Und ich stehe an eine Hauswand gedrückt, sehe ihnen hinterher und frage mich, was das schon wieder für eine Idiotennummer ist.

Johanna ist nicht zu Hause, also kaufe ich mir nur ein Rosinenbrötchen und gehe wieder. Als ich gerade kauend die Bäckerei verlasse, kommt der rothaarige Superläufer angeschossen. Ich muss stehen bleiben, damit er mich nicht über den Haufen rennt.

»Hallo, Landei, willst du zu mir?«

»Sehr witzig.« Ich gehe einfach an ihm vorbei. »Ich wollte zu Johanna.«

Er läuft neben mir weiter. »Zahnarzt. Ich dachte, du wolltest auch für eure Handball-AG üben.«

»Wie? Üben?«

»Ein bisschen Laufen, ein bisschen Gymnastik. Damit du dich nicht dauernd vor Herrn Hoffmann blamierst.«

Wie bescheuert ist dieser Julius eigentlich? Ich unterdrücke ein Stöhnen und frage ganz freundlich: »Und du gibst Nachhilfe? Oder was?«

Jetzt bleibt er stehen. »Jette hat mich sehr nett gefragt. Die wird ja richtig ehrgeizig. Will in drei Monaten sportlich werden, es geschehen noch Wunder. Du kannst übrigens gerne mittrainieren, Mela und Lucie sind auch dabei und Johanna will auch.«

»Schönen Dank, aber ich ...« Plötzlich blinkt eine rote Lampe in meinem Hirn. MALENTE, MALENTE, MALENTE! »... ich habe ganz wenig Zeit, ich muss ziemlich viel Mathe üben, das mache ich mit Frieda, das ist ja wichtiger, als Handball spielen zu können.«

Julius zuckt mit den Schultern. »War ja nur ein Angebot. Frieda und du, ihr seid anscheinend die Einzigen, die keine Hoffmann-Fans sind. Na ja, dann viel Spaß mit Mathe.«

Ich gucke ihm nur ganz kurz hinterher, bevor ich mich beeile, nach Hause zu kommen. Keine Hoffmann-Fans. Er hat keine Ahnung, der Blödmann. Und es ist mir ein Rätsel, was er den drei Schnepfen beibringen will. Dieser Angeber. Wenn er wüsste ...

Meine Mutter steht am Auto und winkt, als sie mich sieht. »Beeil dich, ich muss Anton vom Fußball abholen, du kannst schnell mitfahren.«

»Och, ich habe ...«

»Komm, steig ein, wir kaufen dir anschließend noch einen Trainingsanzug.«

Ja! Ich setzte mich ins Auto und schnalle mich an.

»Wie war es bei Frieda? Hat es was genützt?«

»Ja. Sie kann gut erklären. Aber wieso kaufen wir jetzt doch einen Trainingsanzug?«

Sie grinst. »Johannas Mutter hat mir erzählt, dass ihr so einen tollen Sportlehrer habt. Johanna hat neue Turnschuhe bekommen und ihr Bruder übt mit deinen Freundinnen. Das hast du ja gar nicht erzählt.«

»Doch. Habe ich. Florian Hoffmann. Und es sind nicht meine Freundinnen.«

»Warum übst du denn nicht mit ihnen?«

»Mama! Sie sind nicht meine Freundinnen. Er übt mit Jette und diesen albernen Zwillingen. Ich weiß auch gar nicht, was die üben. Die rennen nur durch die Gegend.«

»Das ist aber ein netter Junge. Johannes, oder?«

»Julius. Und er ist ein Idiot.«

»Paula!«

»Ist so. Und außerdem habe ich niemandem gesagt, dass ich Handball spielen kann. Nur heute zu Frieda.«

»Wieso das denn?« Meine Mutter sieht mich völlig entgeistert an.

»Ihr habt doch gesagt, ich soll nicht angeben und mich anpassen. Sonst darf ich nicht nach Malente.«

»Also, Paula! Das merken die doch aber. Zumindest dein Sportlehrer. Und so war das ja auch nicht gemeint.«

»Das merken die nicht, weil ich alles mit der dicken Frieda zusammen mache. Und weil ich so tue, als könnte ich keinen Ball fangen. Und wieso war das nicht so gemeint?«

Meine Mutter sieht mich erstaunt an. »Du solltest dich anstrengen, damit du Kontakt kriegst. Aber du musst dich dafür doch nicht blöd stellen. Und so tun, als könntest du nichts.«

»Das sagst du jetzt.«

»Paula! Jetzt gib uns nicht die Schuld. Aber es ist doch auch egal. Du kannst es ja noch sagen. Und übrigens: Den Trainingsanzug kaufen wir auch, weil heute die Anmeldung für Malente gekommen ist. Wir können das nachher ausfüllen.«

»Wie, ich darf? Das ist beschlossen?«

Meine Mutter fährt auf den Parkplatz zwischen einem Fußballplatz und einer großen Sporthalle. »Wir finden, dass du dich in den letzten vier Wochen sehr bemüht hast. Und jetzt mit der Handball-AG und deiner Mathefreundin Frieda und Johanna, das ist doch alles schon sehr schön.«

Ich kann gar nichts sagen. Meine Mutter schon. »Und guck mal diese tolle Halle hier, da hängt ein Zettel, wann welche Handballmannschaften Training haben. Guck dir das bitte mal an, ich hole so lange Anton vom Sportplatz.«

Die Sporthalle ist riesig. In Mackelstedt mussten die Zuschauer auf kleinen Holzbänken neben dem Spielfeld sitzen, hier geht man an vier Stellen Treppen hoch und kommt auf eine richtige Tribüne. Wahnsinn.

Neben einem der Aufgänge hängt ein Schwarzes Brett mit Listen von Spielplänen, Trainingszeiten, Spielernamen und Spielergebnissen. Ich überfliege alle und sehe dann den Zettel, den meine Mutter bestimmt meinte:

> Weiblich, C-Jugend,
> Trainerin Dagmar Müller,
> Montag 17.00–18.30 Uhr.
> Wir suchen dringend neue Spielerinnen,
> Altersgruppe 12–14,
> auch Anfänger

Auch Anfänger. Aber da bräuchte ich mich ja gar nicht ...

»Paula? Was machst du denn hier?« Kathi lässt eine Sporttasche neben mir fallen. Ich fühle mich ertappt. »Ich, ähm, meine Mutter und ich holen meinen Bruder vom Fußball ab.«

»Die sind doch auf dem Sportplatz und nicht in der Halle.«

Schnell zeige ich auf die Toilettentür am Eingang. »Ich musste mal.«

»Ach so.« Kathi tippt auf das Schwarze Brett. »Ich dachte schon, du gehörst auch zu den aufgeregten Hühnern, die wegen Herrn Hoffmann alle ganz schnell Handball lernen wollen.«

»Wieso?«

Kathi guckt erstaunt. »Hast du das nicht mitgekriegt? Jette, Mela und Lucie machen nach der Schule Lauftraining, Bianca und Ulli aus der Parallelklasse wollen hier in den Verein und Johanna hat mich gefragt, ob ich mit ihr Laufen mit Ball üben kann, das wäre ja beim Basketball ähnlich. Die drehen alle durch, wenn sie ihren Handballgott sehen.«

Ich habe vor lauter Anstrengung, unsportlich zu wirken, nichts, aber auch gar nichts mitbekommen. Nur, dass Frieda DVDs guckt. Immerhin.

»Nö, das habe ich nicht so gemerkt. Ich muss so viel andere Sachen für die Schule machen.«

»Sei froh, ich finde das auch albern, nur weil sie Herrn Hoffmann beeindrucken wollen. Na ja, mir ist es egal. Du hast nicht so die ganze große Lust auf die AG, oder?« Kathi schultert ihre Tasche und mustert mich.

»Wieso?«

»Ich finde, du läufst so ein bisschen lustlos durch die Gegend. Und du machst alle Übungen mit Frieda, die reißt einen ja nicht unbedingt mit.«

So begeistert ich über mein schauspielerisches Talent bin, so ungerecht finde ich, dass auch Kathi über Frieda lästert.

»Frieda strengt sich ganz schön an. Und sie nimmt das total ernst. Sie guckt sich Handballspiele auf DVD an und findet das spannend.«

»Sie bewegt sich trotzdem wie ein nasser Sack«,

entgegnet Kathi, »und vom Zuschauen lernt sie es auch nicht.«

»Warte mal ab.« Ich glaube, Friedas Ehrgeiz und ihre Bewunderung für Florian Hoffmann werden es rausreißen. Und wenn wir jetzt noch üben …

»Paula, da ist Paula, hallo, ich habe ein Tor geworfen, genau wie du letztes Mal, oben in die Ecke und …« Anton schießt auf mich zu, meine Mutter im Schlepptau. Er hat einen hochroten Kopf und weiß nicht, dass seine Schwester offiziell noch nie ein Tor geworfen hat. »Das war ganz super und …«

»Hallo Mama, das ist Kathi aus meiner Klasse.«

Der kleine Anton stellt sich vor sie und sieht bewundernd hoch. »Du bist ja groß, spielst du auch Handball?«

Meine Mutter rettet mich. »In der Handball-AG? Spielt ihr da zusammen?«

»Ja«, Kathi hat gar nichts gemerkt. »Wir haben aber gerade erst angefangen. Handball spielen kann noch niemand.«

Das ist Antons Moment: »Aber Paula …«

Zack, hat er die Hand meiner Mutter auf seinem Mund. »Brüll doch nicht so, ja, Paula hat schon mal mit dir Fußball gespielt, in den Ferien, so, und jetzt kommt.«

Sie lächelt Kathi kurz zu und schiebt Anton zum Ausgang. Bevor ich ihnen folge, drehe ich mich noch mal um. »Was machst du eigentlich hier?«

Kathi deutet auf das Schwarze Brett. »Basketball,

Probetraining. Wenn genug Leute kommen, kann ich wenigstens im Verein spielen, wenn es schon in der Schule nichts gibt.« Sie sieht sich ratlos um. »Aber anscheinend wird das auch nichts, ich sehe hier niemanden. Vielleicht gehe ich doch zum Handball, falls Herr Hoffmann mir schnell genug was beibringt.«

»Na, denn«, ich nicke ihr kurz zu und mache mich auf den Weg. Dann hätte die weibliche B-Jugend vielleicht genug Neue. Bevor ich weiterdenken kann, fallen mir Ellen und der Tus Mackelstedt ein. Nein, höchstens Florian Hoffmann und die AG. Basta!

Einfach jeden Wunsch erfüllen

Ausgerechnet an dem Wochenende, an dem ich Ellen in Mackelstedt besuchen kann, hat sie kein Punktspiel. Dabei habe ich mich so darauf gefreut, alle wiederzusehen. Ich habe sogar meinen neuen Trainingsanzug mit, weil ich gehofft habe, wenigstens beim Aufwärmen vor dem Spiel mitmachen zu können.

»Komm, Paula, jetzt guck nicht so sauer. Die haben erst am Donnerstag abgesagt, vier von ihren Spielerinnen haben Mumps, stell dir das mal vor, das ist doch wohl völlig bescheuert.«

»Ich hatte mich aber echt gefreut.«

Wir liegen in Ellens Zimmer auf dem Bett, ich könnte heulen, so enttäuscht bin ich. Ellen stupst mich in die Seite. »Du hättest sowieso nicht mitspielen können, du bist doch nicht mehr im Verein.«

»Ich weiß. Das musst du mir nicht extra sagen. Aber ich hätte beim Warmmachen wenigstens ein paarmal aufs Tor werfen können.«

»Und danach nur zugucken? Das wäre ja richtig blöd geworden.«

»Ja, vielleicht.« Ich putze mir die Nase. »Und was machen wir jetzt?«

Ein Wochenende in Mackelstedt ohne Handball ist immer noch besser, als in Hamburg zu bleiben. Immerhin bin ich seit sechs Wochen nicht mehr in Ellens Zimmer gewesen. Wahnsinn! Mir kommt es wie eine Ewigkeit vor.

»Wie ist denn jetzt die Handball-AG? Können deine Großstadtzicken schon fangen?«

Ich denke kurz an Kathi und Johanna, an ihre Gesichter, wenn sie ganz ernst und verbissen mit dem Ball an den Seitenlinien entlangprellen, an Marie, die von Mal zu Mal noch schneller wird und schon öfter richtig gut aufs Tor geworfen hat. An Frieda, die bisher dreimal mit mir auf dem Sportplatz war und richtig entschlossen ist.

»Es sind ja nicht alles Großstadtzicken. Marie und Johanna kennst du doch, die sind gar nicht schlecht. Die Zwillinge strengen sich auch ziemlich an, Kathi kann das meiste mit dem Ball ja vom Basketball und Frieda, na ja, Frieda übt eben. Abwechselnd Mathe und Handball. Ich glaube, ich kriege schneller die Drei.«

Ich bekomme sofort ein schlechtes Gewissen, weil ich so über Frieda rede. Sie hat jede mögliche Taktik im Kopf, alle Regeln, alle Wurftechniken, mittlerweile auch alle bekannten Spieler. Aber sie schafft es so selten, einen Ball zu fangen. Sie ist einfach zu langsam. »Sie müsste mal abnehmen und noch mehr üben, dann klappt es schon irgendwann. Aber sie findet Handball spannend.«

»Oder euren Sportlehrer.« Ellen klimpert albern mit den Augen.

»Bestimmt. Ist ja auch egal. Aber er hat sich neulich Jette zur Seite genommen, das fand ich super. Wir konnten nicht verstehen, was er ihr gesagt hat, haben nur gesehen, wie sie geguckt hat. Jedenfalls schoss sie in die Umkleidekabine und kam ohne ihre tausend Haarspangen zurück, einfach nur mit Zopf. Und letztes Mal hatte sie sogar eine ganz normale Trainingshose statt diesen Glitzerfummeln an. Kathi hat gesagt, er hätte ihr erklärt, dass Handball ein körperbetontes Spiel ist, dabei hätte Schmuck nichts zu suchen, damit würde man nur die Verletzungsgefahr erhöhen. Sie hat überhaupt nicht gemault, alles sofort ab. Florian Hoffmann muss nur pfeifen, damit Jette springt.«

»Und?« Ellen rollt sich auf die Seite und sieht mich an. »Haben die denn inzwischen gemerkt, dass du Handballerin bist?«

»Nein. Nur Frieda weiß es. Es ist total blöd, meine Mutter hat gesagt, so wäre es überhaupt nicht gemeint gewesen, aber jetzt ist es irgendwie zu spät. Die denken ja alle, ich hätte sie verarscht. Ich habe keine Ahnung, wie ich das hinkriegen soll.«

Ellens Blick ist mitleidig. »Saublöd. Echt bescheuert. Ich habe aber auch keine Idee. Was sagt Frieda denn?«

»Frieda? Die ist froh, dass ich ihr helfen kann. Ansonsten ist ihr das ziemlich egal. Bei dem Kapitel in ihrem Handballbuch ist sie wohl noch nicht angekommen.«

Am Nachmittag sitzen wir in unserem Lieblingseiscafé in Mackelstedt. Ellen, Jana, Ann-Kathrin und ich sitzen an unserm alten Ecktisch und reden. Das heißt, ich rede, ich erzähle von Florian Hoffmann. Ann-Kathrins Mund steht offen, Jana vergisst zu atmen, bis Ellen sie anstößt. »Hol Luft!«

»Ja. Und hast du ihn denn schon mal spielen sehen? Also, in echt, bei euch in der Halle, nimmt er mal den Ball in die Hand?«

Jana spielt in meiner alten Mannschaft halb links, dieselbe Position, auf der Florian Hoffmann gespielt hat. Schon deshalb ist sie ein Fan von ihm. Ann-Kathrin genauso.

»Nur, wenn er etwas erklärt. Und dann zeigt er alles immer ganz langsam. Und mehrmals. Wir sind ja alle Anfänger.«

Ann-Kathrin fängt an zu lachen. »Das hat Ellen uns erzählt, das ist doch ein Witz, oder?«

Ich finde es überhaupt nicht witzig, dass Ellen mein Problem allen erzählt, deshalb kann ich auch gar nicht mitlachen. »Das ist kein Witz und …«

Plötzlich stehen Max Petersen und sein Freund Hannes Bruhn vor uns. »Hey, das ist doch die Lady aus der Großstadt!«

Gestern war ich noch das Landei, so schnell kann sich das ändern.

»Paula Hansen! Na, hast du Heimweh?«

Blöder Spruch. »Nein, ich besuche Ellen.«

Max lässt sich auf einen Stuhl am Nebentisch fallen

und streckt seine Beine aus. »Erzähl mal, wie ist es in Hamburg?«

Was soll man auf so eine Frage antworten? »Gut.«

»Und handballmäßig?«

Ich habe das Gefühl, dass Ellen angestrengt guckt, dabei fällt mir Vanessa ein und ich antworte: »Geht so. Mein Trainer heißt Florian Hoffmann.«

O.k., Trainer trifft es nicht ganz, aber das ist die Strafe für Vanessa.

»Wie? Er heißt genauso wie der Hoffmann aus Göppingen?«

»Er IST der Hoffmann aus Göppingen.«

Ellen guckt triumphierend, Hannes und Max entgeistert. »Echt? Wow! Und? Wie ist er so?«

»Na, super eben. Noch besser als im Fernsehen.«

Max wird vor Neid fast grün im Gesicht, Hannes gibt sich Mühe, cool zu sagen: »Ich wusste gar nicht, dass der Lehrer ist.«

»Nein?« Ellen lächelt ihn freundlich an und ignoriert Max. »Doch, das habe ich mal in der ›Handballwoche‹ gelesen. Ich habe ihn auch schon gesehen, weißt du noch, Paula, als wir mit Thorben und Julius auf dem Stadtteilfest waren. Beim Konzert.«

Da haut sie ja richtig viele Halbwahrheiten rein. Als ich aus dem Fenster sehe, verstehe ich auch den Grund. Vanessa Purschke trippelt in weißen Schühchen auf das Eiscafé zu. Ihre blonden Locken wehen im Wind, sie trägt rosa Lippenstift und einen kleinen herzförmigen Rucksack über die Schulter.

»Fräulein Purschke.« Jana sieht mit gerunzelter Stirn in dieselbe Richtung. »Paula, hast du schon gehört, dass sie bei uns ein kurzes Gastspiel gegeben hat?«

Max sieht mich komisch und Jana sauer an. »Ihr habt es ihr auch nicht leicht gemacht.«

»Das stimmt.« Ann-Kathrin hat eine sehr sanfte Stimme. »Aber das Grundproblem bestand darin, dass Vanessa nicht auf flachen Schuhen laufen kann. Und Turnschuhe haben nun mal keine Absätze. Was sollten wir tun?«

Max steht auf, Hannes bleibt sitzen. Ellen guckt Max kurz an und sagt dann zu Hannes: »Willst du ein Autogramm von Florian Hoffmann? Das kann Paula dir bestimmt organisieren.«

Mit leuchtenden Augen nickt er. »Das wäre super, gehen auch zwei? Dann könnte ich …«

»Hallo. Ach, hallo Paula, wohnst du wieder hier?«

Ich ignoriere das Augenrollen von Ellen und Jana und kneife die kichernde Ann-Kathrin ins Knie. »Hallo Vanessa, nein, ich bin nur zu Besuch.«

»Super. Na, Maxi?«

Jana hustet und Ann-Kathrin kichert jetzt richtig, nur Ellen ist ganz ernst. Max ist die Begrüßung anscheinend peinlich, er nickt kurz und schiebt die dauerlächelnde Vanessa an uns vorbei zum Ausgang. Hannes Bruhn beeilt sich, hinterherzukommen, schafft es gerade noch, mir ein »Also bitte zwei Autogramme, ja?« zuzurufen.

Wir sehen dem Trio nach, dann schüttelt Jana den Kopf. »Wie blöd sind Jungs eigentlich? Max Petersen und Hannes Bruhn waren die nettesten Typen aus der B-Jugend, und seit sich Vanessa an sie hängt, kannst du die echt vergessen.«

Ann-Kathrin grinst. »Du hättest Vanessa beim Handball sehen sollen. Sie hat sich so dämlich angestellt, ich konnte mich gar nicht mehr aufs Training konzentrieren. Wie die schon läuft …«

»In meiner neuen Klasse gibt es eine Jette, die ist genauso wie Vanessa. Aber dabei noch bösartig.«

»Oh Gott, Vanessa ist wenigstens nur doof«, sagt Ann-Kathrin, »und das reicht ja schon. Ich muss los, Jana, kommst du mit?«

»Ja. Bis Mittwoch, Ellen, Paula, bis bald.«

Ich warte, bis wir allein sind, bevor ich was sage. »Du findest Max Petersen immer noch toll, oder?«

»Quatsch. Soll er doch glücklich werden mit Barbie, ist mir doch egal.« Schlecht gelaunt schiebt Ellen ihr leeres Glas beiseite. Seit ich gestern angekommen bin, ist sie komisch. Wahrscheinlich war sie es schon die letzte Zeit und ich hab's nur nicht mitgekriegt.

Wir haben uns nicht gestritten, aber es ist ganz anders als sonst. Ellen ist dauernd in Gedanken, sie fragt kaum etwas, nur ab und zu, weil sie es wohl selbst merkt. Ich habe ein bisschen von der Schule erzählt, von Frieda und Johanna, natürlich von Florian Hoffmann, ich habe trotzdem das Gefühl, dass es sie null interessiert.

»Hast du was?«

Mit zusammengekniffenen Augen starrt Ellen aus dem Fenster. »Ich glaube, die fahren jetzt zum Baggersee.«

Also doch. Meine Freundin hat Liebeskummer. Deshalb ist sie so komisch.

»Ach komm, Max ist doch ein Idiot, wenn er Vanessa so toll findet. Was willst du von dem?«

»Er findet Vanessa BESSER als mich!«

»Ellen! Nur weil er dämlich ist.«

»Ist auch egal. Was machen wir jetzt? Zur Halle? Da spielt um 16 Uhr die B-Jugend gegen Schöndorf. Wir könnten ja zugucken.«

Ich kann mir denken, dass es die männliche B-Jugend ist. Also gut, dann sitze ich am Spielfeldrand, umgeben von der affigen Vanessa und der eifersüchtigen Ellen, und schaue zwölf Jungen beim Handball zu. Ich gehöre nicht mehr zum Verein, habe dafür den weltbesten Sportlehrer, bei dem ich aber nichts lernen kann, weil ich offiziell vom Handball keine Ahnung habe. Super.

»Sag mal, Ellen, können wir nicht ins Kino gehen?«

Meine beste Freundin verdreht nur die Augen. »Kino! Das kannst du echt in Hamburg machen. Ich will die B-Jugend sehen.«

»Schon gut.«

Wahrscheinlich muss man Liebeskummer behandeln, als wäre es Magen-Darm-Grippe. Einfach jeden Wunsch erfüllen.

Als der Zug aus dem Mackelstedter Bahnhof fährt und ich noch meine alte Schule und die Sporthalle an mir vorbeiziehen sehe, fällt mir ein, dass morgen wieder Handball-AG ist und wir die Mathearbeit wiederbekommen, bei der ich ein ganz gutes Gefühl habe. Und dann schießt mir plötzlich durch den Kopf, dass Julius irgendwie besser aussieht als Max und Hannes. Sofort schiebe ich diesen Gedanken weg, Ellen hat mich ganz wuschig gemacht. Trotzdem finde ich die Rückfahrt nicht mehr so schlimm …

Applaus

»Paula, du hast dir anscheinend unser Gespräch zu Herzen genommen, hier, das ist eine Zwei, geht doch.«

Frau Schröder guckt fast freundlich, während sie mir mein Heft auf den Tisch legt, ich drehe mich um und sehe das breite Grinsen von Frieda. Wenn ich ihr nur halb so gut Handball beibringen könnte wie sie mir Mathe, dann könnte sie direkt mit nach Malente kommen.

Oder in die norddeutsche Jugendauswahl. Ich werde mir noch mehr Mühe geben. Sie muss ihre Sport-Drei schaffen.

Die beste Arbeit hat natürlich Frieda, das ist klar, die zweitbeste hat Jette, da bin ich platt. Ungerührt steckt sie ihr Heft weg, einen kurzen Moment habe ich das Gefühl, sie lächelt. Aber das täuscht wohl, sofort ist ihre Miene wieder gelangweilt.

Johanna flüstert mir ein »Super«, zu, sie hat auch eine Zwei. Sie freut sich richtig mit.

In der Pause stehen Mela und Lucie mit Julius zusammen. Die Zwillinge reden ununterbrochen auf ihn ein, er steht da wie der große Zampano und guckt betont interessiert. Als Jette dazukommt, fängt er an zu grinsen, sofort denke ich an Max und Vanessa und könnte mich schütteln. Nur dass ich nicht eifersüchtig bin, nicht wegen so einem rothaarigen Trottel.

»Glückwunsch. Ich wusste doch, du kriegst das hin. Mensch, gleich eine Zwei.«

»Ja, danke, Frieda, du hast das auch gut erklärt. Hier, Brötchen mit Schinken, möchtest du?«

Ich halte ihr meine Brotdose hin, meine Mutter macht jetzt immer zwei Brötchen.

»Nein, danke.«

Während ich noch überrascht über die Ablehnung bin, deutet sie auf die drei um Julius.

»Die machen bestimmt Trainingspläne. Oder? Johanna, warte mal!«

Meine Sitznachbarin dreht auf dem Weg ab und kommt zu uns. Sie gibt ihrem Bruder ein Zeichen und bleibt vor Frieda stehen. »Was ist denn? Ich wollte eben zu Julius.«

»Was beredet Julius denn mit denen?«

Johanna sieht uns beide an. »Wir trainieren doch zusammen. Julius soll uns fit machen.« Etwas verlegen streicht sie sich die roten Haare aus dem Gesicht. »Ich weiß, das klingt albern, aber wir wollen nicht wie die letzten Idioten durch die Halle latschen. Und Kathi, Marie, dann diese Tina und Anne, die können schon so viel, also werfen und prellen und so. Mela hat meinen Bruder gefragt, ob er uns ein bisschen helfen kann, das macht er jetzt.«

Ich denke schon wieder an Vanessa und beobachte Jette, die Julius mit Klimperaugen anguckt. Trottel fallen eben auf so was rein, siehe Max Petersen. Aber dass Johanna bei diesem Blödsinn mitmacht. »Und du rennst jetzt mit Jette und ihren Fans durch den Park, oder was? So lernt man doch kein Handball.«

Mein Ton ist unfreundlicher, als ich will, Johanna guckt deshalb komisch. »Nein, wir üben auch mit Ball, im Park gibt es sogar ein Tor. Aber ihr müsst das ja auch nicht gut finden, die Handball-AG ist ja freiwillig. Ihr könnt ja jederzeit was anderes machen.«

»Aber wir üben doch ...«

Schnell trete ich Frieda auf den Fuß, manchmal antwortet sie zu viel, und frage mit zuckersüßer Stimme: »Habt ihr denn keine Angst, dass dein großer Bruder euch was Falsches beibringt?«

»Wieso was Falsches?«, fragt Johanna erstaunt, »Julius weiß doch, was wichtig ist.«

»Das kann ich mir vorstellen.« Ich verschlucke den Satz, dass er sich selbst ja so superwichtig findet. Der hat doch keine Ahnung vom Handball, durch den Park laufen kann jeder.

Ein Pfiff von Julius lässt uns zusammenzucken, Johanna dreht sich um und läuft zu der Gruppe, zu der sich zu meinem Entsetzen auch Florian Hoffmann stellt. Da stehen jetzt die fünf und reden mit einem Handballgott, der doch merken muss, dass die sich nur wichtigmachen. Wie peinlich!

»Wieso stöhnst du?« Friedas Frage bringt mich wieder auf den Boden. Ich starre immer noch Florian Hoffmann an, der sich mit einer Engelsgeduld den Blödsinn anhört, den der rothaarige Superheld von sich gibt. »Das ist doch widerlich, wie die sich an Herrn Hoffmann ranschleimen. Nur weil alle in den verknallt sind.«

»Julius auch?« Frieda legt ihren Kopf schräg und sieht zur Gruppe hin. »Glaubst du?«

»Quatsch, der will bestimmt was von Jette und macht deshalb den Hermann.«

»Das glaube ich nicht. Er will ihnen helfen. Er ist nett.«

Ich sehe Frieda mitleidig an. Sie ist eindeutig zu gut für diese Welt.

Frieda und ich sind die Letzten, die zu Beginn der Handball-AG in die Halle kommen. Alle anderen sitzen bereits auf einer Bank, Florian Hoffmann steht vor ihnen, neben sich eine Tafel, auf die er einen Halbkreis mit sechs Kreuzen und einigen Pfeilen gezeichnet hat. Er sieht kurz hoch und nickt. »Dann sind wir jetzt komplett, setzt euch dazu. Beim nächsten Mal bitte pünktlich. Also zurück, wir haben eine Verteidigung, die aus folgenden Positionen besteht ...«

Ich werde rot, dabei können wir nichts für die Verspätung. Irgendein Volltrottel hat die Hallentür zugeschlossen, ohne zu gucken, ob schon alle da sind. Wir haben an das Fenster der Umkleidekabine gehämmert, nichts, sie konnten oder wollten uns wohl nicht hören. Diese blöden Ziegen. Schließlich mussten wir den Hausmeister holen, der natürlich sofort von Pünktlichkeit und Ordnung gefaselt hat. Und deshalb sind wir fast zehn Minuten zu spät. Frieda ist vor Verlegenheit ganz blass. Ich bin nur sauer. Wir gelten als die beiden größten Luschen und dann poltern wir noch wie die Trottel hinterher. Wahrscheinlich hat Jette zugeschlossen oder die Zwillinge, ich weiß nur nicht, warum. Vielleicht, weil ich neu bin und Frieda dick ist, ist ja auch egal.

»Und, Paula?«

Florian Hoffmanns Frage kommt völlig unvermittelt, ich habe vor lauter Sauersein nicht zugehört. Er tippt auf die Zeichnung an der Tafel. »Neunmeter. Freiwurf. Was macht die Deckung?«

Ach so. »Zusammenstellen, Block bilden, Arme hoch.« Meine Antwort kommt automatisch, dann erst fällt mir sein Gesichtsausdruck auf. »Doch aufgepasst. Richtig. Auch wenn ich das etwas anders erklärt habe. Gut.«

Während er weiterspricht, flüstert Frieda: »Von Block hat er gar nichts gesagt. Stimmt das?«

Ich sollte erst denken und dann reden. Oder gleich aufpassen. Die Antwort war richtig, aber so viel hätte ich gar nicht wissen sollen. Na ja, Pech.

Nach dem Theorieteil kommt die Praxis. Zum Aufwärmen laufen wir zu zweit nebeneinander im großen Kreis durch die Halle, ab und zu pfeift Florian Hoffmann, dann geht es ein paar Schritte rückwärts, bei zwei Pfiffen müssen wir hochspringen, bei drei Pfiffen uns hinlegen, wieder aufstehen, weiterlaufen. Ich konzentriere mich auf meinen möglichst ungelenken Laufstil und bin plötzlich hinter Frieda, die richtig schnell vom Liegen wieder ins Laufen gekommen ist. Ich beobachte sie einen Moment und finde, dass sie dünner aussieht und eigentlich gar nicht so schlecht läuft. Sie soll nur nicht so mit den Armen schlackern.

»Frieda«, Florian Hoffmann steht in der Mitte und beobachtet alle abwechselnd, »nimm mal die Arme ein bisschen hoch, ja, sehr gut, das sieht so viel besser aus.«

Ich nicke zufrieden.

»Paula, bist du schon kaputt oder hast du keine Lust mehr? Komm, gib mal ein bisschen Gas.«

Jette und Mela kichern, ich finde mich richtig gut.

»Jette, längere Schritte, du tippelst.«

Jetzt kichere ich, unauffällig natürlich, und stelle mir vor, dass ich ihr vorschlage, ihre Knie nicht mehr zusammenzubinden.

»Danke, das reicht. Ihr holt euch bitte zu zweit einen Ball, fünf Meter auseinander und dann locker hin- und herwerfen und fangen.«

Während sich die Paare zusammenfinden, schnürt Florian Hoffmann das Ballnetz auf und lässt die Handbälle auf den Boden rollen. Selbst das macht er unglaublich cool, völlig versunken beobachte ich ihn dabei. Jette schlendert an der Seitenlinie entlang, wickelt gerade eine Haarsträhne um ihren Finger und sieht dabei auf den Boden. Plötzlich holt Florian Hoffmann aus und wirft den Ball in ihre Richtung. Jette schnellt nach vorn und stoppt den Ball im letzten Moment mit dem Fuß.

»Gute Reaktion. Wie hast du das gemacht?«

Zufall, denke ich und mir fällt auf, dass das blonde Gift ungeschminkt und mit einfachem Pferdeschwanz eigentlich ganz nett aussieht, kein Vergleich zu Vanessa Purschke.

Jette hebt die Schultern und nimmt den Ball auf. »Keine Ahnung, das ging automatisch.«

»Aha. Haben alle Bälle? Dann fangt mal an, wir sind heute eine ungerade Zahl, Jette, komm du mal mit mir zum Tor. Ich will was ausprobieren.«

Während Frieda sich sehr anstrengt, die Bälle so zu werfen, dass sie wenigstens ungefähr in meine Richtung kommen, und ich mich anstrenge, sie so zu fangen, dass Frieda dabei gut wegkommt, ich aber aussehe wie ein Kleinkind mit seinem ersten Ball, stellt Jette sich ins Tor und lässt sich von Florian Hoffmann die Bälle zuspielen. Unten rechts, unten links, oben rechts, oben links. Mal erwischt sie die Würfe mit den Händen, mal mit den Füßen, die ersten Locken kriechen bereits aus ihrem Haargummi, ihr Gesicht ist gerötet, aber sie lächelt bei jedem Ball, den sie kriegt. Jette bekommt richtiges Torwarttraining, sie hat anscheinend Talent dafür, und ich übe mit der dicken Frieda einfaches Fangen und Werfen und komme mir unglaublich blöd vor. Bevor ich schlechte Laune kriege, gelingt Frieda der erste gute Wurf. Und weil ich neidisch auf Jette starre und Frieda nicht im Blick habe, landet der Ball ungebremst in meinem Gesicht.

Den Rest der Zeit sitze ich mit einem Eisbeutel, den ich auf mein Auge halte, auf der Bank und beobachte ungestört die Fortschritte, die die anderen gemacht haben. Florian Hoffmann ist nicht nur ein Weltklassespieler, anscheinend ist er auch noch ein Weltklassetrainer. Alle, wirklich alle haben richtig viel dazugelernt. Frieda ist immer noch furchtbar langsam und ungelenk, aber sie hat ein paarmal gut gefangen und auch gar nicht schlecht geworfen. Und es scheint ihr Spaß zu machen, trotz Atemnot und hochrotem Kopf macht sie keine einzige Pause.

Im Moment prellen alle nacheinander mit dem Ball aufs Tor, in dem Jette steht, und versuchen zu treffen. Jette springt hin und her, anscheinend ahnt sie die Bälle, bevor sie sie sieht, es ist unglaublich, was sie für Reflexe hat. Das müsste Ellen sehen, die bei uns seit drei Jahren im Tor steht. Ich bin beeindruckt. Aber Florian Hoffmann steht auch neben dem Tor und gibt Jette Anweisungen, natürlich nicht nur ihr, sondern auch jeder Werferin. Nur ich dumme Nuss sitze mit einem dicken Auge daneben und gucke zu. Ich könnte mich in den Hintern beißen.

Schließlich klatscht er in die Hände und fängt ganz

locker einen Ball ab. »So, Mädels, das war's für heute. Bitte die Bälle einsammeln. Paula, kannst du mir helfen? Der Rest kann sich umziehen.«

Und wie ich ihm helfen kann. Wir bleiben allein in der Halle zurück, ich habe meinen Eisbeutel auf den Kasten gelegt und sammele aus den Ecken die Bälle zusammen. Ich muss mich beherrschen, damit ich mir keinen Ball schnappe, wie eine Irre durch die Halle prelle, am Kreis richtig aus dem vollen Lauf hochspringe und den Ball mit aller Kraft ins Tor katapultiere. Stattdessen rolle ich die Bälle nach dem Einsammeln ordentlich zu Florian Hoffmann, der sie wieder in zwei Ballnetze verstaut. Dabei würde ich jetzt so gerne einfach lostoben. »Neunzehn, zwanzig. Das sind alle, danke, Paula. Und bis nächste Woche.«

Jetzt wäre die Gelegenheit. Ich will wieder spielen. »Herr Hoffmann? Kann ich Ihnen …«

»Ist Florian Hoffmann noch drin?«, höre ich draußen eine Stimme fragen.

»Ja, Moment«, ruft FH und sieht mich gespannt an, »was wolltest du mir sagen?«

»Da sind Sie ja!« Fassungslos sehe ich den nervigsten aller Rothaarigen seinen Kopf durch die Hallentür stecken. »Hallo, ach, da ist ja auch das Landei, Herr Hoffmann, können wir gleich noch mal über das Training sprechen?«

»Julius, sofort, wenn ich hier fertig bin. Also, Paula?«

Beide starren mich jetzt an.

»Schon gut, hat Zeit bis nächste Woche, war nicht so wichtig. Tschüss.«

Ich fliehe in den Umkleideraum und überlege, welcher Typ mich in meinem Leben nur annähernd so genervt hat wie dieser bescheuerte Julius. Keiner! Überhaupt niemand. Der Affe ist weit führend in der Liste.

Die anderen sind bereits fertig, ich bin allein in der Umkleidekabine und fühle mich ziemlich einsam. Mir fehlen Ellen, Jana, Ann-Kathrin und die anderen aus meiner Mannschaft. Mir fehlt das Training, die Spiele, ich will mal wieder richtig Tore werfen, es ist alles so schwierig. Beim Taschepacken fehlt mein Sweatshirt, ich muss es auf der Bank liegen gelassen haben, genauso wie den Eisbeutel, der aus Florian Hoffmanns Erste-Hilfe-Koffer stammt. Also gehe ich zurück, der Eisbeutel liegt auf dem Kasten, mein Sweatshirt unter der Bank.

Beim Bücken sehe ich den Ball. Entweder hat Herr Hoffmann sich verzählt oder der gehört nicht der Schule. Langsam fummele ich ihn raus, stelle mich gerade hin, prelle ein paar Mal im Stehen und fixiere dann das leere Tor. Ich bin ganz allein in der Halle, niemand bekommt irgendwas mit, höchstens der Hausmeister, der bestimmt gleich abschließen kommt. Vorsichtshalber drehe ich mich zur Kabinentür, nichts.

Und dann laufe ich langsam los, prelle dabei, laufe die Seitenlinie entlang, meine Schritte werden länger, schneller, der Ball tippt nur ganz leicht an die Hand, Neunmeter, Siebenmeter, Kreis, Absprung, ich treffe den Pfosten, der Ball schießt zurück, ich fange ihn im Lauf, wende schnell, renne aufs andere Tor zu, wieder beschleunigen, wieder das Tor im Blick, diesmal springe ich am Neunmeter ab, ich habe genug Tempo, komme sehr hoch, ziehe den Arm durch, treffe oben links in die Ecke, hole den Ball raus, wende wieder, laufe im Zickzack, den Ball sicher vor mir, wieder den Blick aufs Tor, steige hoch, ziele unten rechts, schwierige Ecke, das Tornetz zappelt, ja!

Applaus! Jemand klatscht laut in die Hände. Erst langsam, dann schneller. Einer, der auf der Tribüne sitzt, zu der ich natürlich nicht hochgeguckt habe. Wir hatten in Mackelstedt keine. Auf der Tribüne sitzt Florian Hoffmann.

Und ich versinke im Hallenboden.

»Paula, bleib da, ich komme runter und dann unterhalten wir uns mal von Handballer zu Handballer.«

Wir hocken seit einer halben Stunde nebeneinander auf der Bank und ich erzähle ihm alles. Der Umzug, der TuS Mackelstedt, das Versprechen, nicht anzugeben und nett zu sein, die Belohnung in Malente, das Aufnahmeformular aus dem Verein hier und die Angst, dass alle anderen sauer sind, weil ich sie angelogen habe. Als ich alles gesagt habe, ist es mir plötzlich peinlich. Ich sitze neben dem weltbesten Handballtrainer und quatsche ihm ein Ohr ab.

»Mann, Mann, da hast du dich aber in was reinmanövriert.« Lächelnd schüttelt er den Kopf. »Wir müssen uns was ausdenken. Ich denke doch nicht daran, auf so eine gute Spielerin zu verzichten, nur weil sie nett sein will. Ich sage dir jetzt was im Vertrauen. Ich will diese Handball-AG bis Dezember so fit machen, dass wir uns zum Hamburger Schulturnier der Handballteams anmelden können. In den Herbstferien machen wir eine Woche Intensivtraining, freiwillig natürlich, da brauche ich dich unbedingt als Spielmacherin. Bis dahin wissen auch die anderen, was sie an dir haben, die Erklärung denke ich mir noch aus.«

»In den Herbstferien?«

»Ja, es geht nur da, weil wir dann die ganze Woche die Halle benutzen können.«

Das Anmeldeformular für Malente liegt noch unausgefüllt auf meinem Schreibtisch. Das nächste Leistungscamp ist Ostern. Mein Kopf schwirrt, ich kaue auf meiner Unterlippe, eine Woche Intensivtraining mit Florian Hoffmann, mit Johanna, Kathi, Marie und Frieda, mit Jette im Tor, mit den Zwillingen, die eigentlich ganz nett sind, das wäre schon irre.

Mein Sportlehrer steht auf, greift sich den übrig gebliebenen Ball, holt aus und knallt ihn von der Außenlinie in die obere rechte Torecke. Wahnsinn!

»So, Paula, jetzt kommen gleich die Jungs, wir reden dann …«

Die Tür fliegt auf und die ersten Jungen in Trainingsanzügen poltern in die Halle. Mittendrin sehe ich schon wieder Julius. Vielleicht habe ich auch schon Wahnvorstellungen.

Er hat Sportklamotten an, zwinkert mir albern zu und sagt: »Hast du kein Zuhause? Oder willst du mit uns Sport machen?«

»Ich hatte was vergessen. Tschüss, Herr Hoffmann.«

»Ja, Paula, bis dann. Julius, holst du mal die Bälle?«

Verblüfft bleibe ich stehen und sehe Julius das Ballnetz aufknüpfen. Die spielen hier auch Handball. Dass es die AG auch für Jungen gibt, ist mir in meinem Durcheinander gar nicht aufgefallen. Im Flur stoße ich fast mit Thorben zusammen.

»Hallo Paula, hast du dich in der Zeit vertan?«

»Nein, ich hatte nur was liegen gelassen. Sag mal, spielt ihr auch mit Herrn Hoffmann Handball?«

»Ja. Das heißt, die meisten fangen gerade damit an, so wie ihr. Aber es geht. Julius haut es raus.«

»Wieso? Was macht er denn?«

»Julius? Das ist unser Starspieler. Ich bin ja nur Torwart, aber Julius spielt nicht nur bei uns im Verein, sondern auch noch in der Norddeutschen Landesauswahl. Aber das weißt du bestimmt.«

Mir wird schlecht und ich suche den kürzesten Weg aus der Halle.

Blutige Anfänger

Ich liege mit geschlossenen Augen auf meinem Handtuch direkt neben dem Schwimmbecken. Ab und zu trifft mich ein Tropfen Wasser, das ist schön. Mir ist furchtbar warm. Mein Lieblingslied klingt aus den Lautsprechern, beim letzten Mal ist mir gar nicht aufgefallen, dass hier Musik läuft, leise summe ich mit. Dann höre ich die Stimme, die ich so toll finde.

»Nein, ich bin mit meiner Freundin hier. Da vorn, auf dem roten Handtuch, die schöne Dunkelhaarige. Das ist Paula.«

Ich muss lächeln, endlich kommt er zurück. Vorsichtig blinzele ich mit einem Auge. Das rote Haar kräuselt sich im Nacken, an den Wimpern hängen Wassertropfen, wie Tränen, seine Haut glänzt in der Sonne. Ich muss ihn sofort umarmen, drehe mich langsam zu ihm um … und wache auf, während ich auf den Fußboden krache. Genau aufs Kreuz.

Eine Sekunde später geht die Tür auf. Meine Mutter ist auch wach.

»Was war das denn? Paula, was machst du? Sag bloß, du bist aus dem Bett gefallen!«

Stöhnend setze ich mich auf, mein Herz rast.

»Kind, du bist ja ganz verschwitzt. Komm hoch, du hattest einen Albtraum. Hier, zieh ein frisches Hemd an und schlaf weiter. Es ist erst zwei.«

Ein Albtraum. Das war es. Ich habe von Julius geträumt! Das ist ja grauenhaft. Ich werde irre, ich drehe jetzt total durch. Alles nur, weil ich keinen richtigen Sport mehr mache. Das muss sich ändern.

Hey Paula,
stell dir vor, Vanessa Purschke ist jetzt mit Hannes Bruhn zusammen. Hat sie mir erzählt.
Max hat am Samstag bei uns zugeguckt, wir haben gegen Blumenau gespielt, 9:11 verloren, Jana hat drei Siebenmeter verworfen, du hast uns voll gefehlt. Willst du nicht doch wieder in einen Verein?
Die C-Jugend vom HTV, das ist bei euch im Stadtteil, hat sich zu unserem Weihnachtsturnier angemeldet.
Das ist dieses Jahr am 21. Dezember, wenn du da jetzt eintrittst, könntest du mitspielen.
Ich gehe heute Nachmittag mit Max ein Eis essen, er hat mich gefragt ...
Bis bald hoffentlich, MISS U; deine Ellen

Hi Ellen,
Florian Hoffmann weiß jetzt, dass ich Handball spielen kann, und der bescheuerte Julius, du weißt schon, große Klappe, rote Haare, der aus der Band

(das einzig Nette an ihm ist seine Schwester!), jedenfalls, der Idiot ist angeblich der ganz große Handballer. Spielt nicht nur beim HTV (noch ein Grund, nicht einzutreten), sondern auch noch in der Norddeutschen Landesauswahl. Ich hätte fast einen Anfall gekriegt. Der Affe! Ich hasse ihn.
Ich muss Schluss machen, Florian Hoffmann hat einen Bus gemietet, wir treffen uns an der Schule und fahren alle zusammen in die Color Line Arena, da spielt der HSV gegen den THW Kiel, super, nich?
Alles Weitere später, Kussi, deine Paula

Das Erste, was mir an Johanna auffällt, ist ein überdimensionales HSV-Trikot, das sie trägt.

»Hallo Paula, ich bin ganz aufgeregt, ich war noch nie im Stadion.«

»Du fährst auch nicht ins Stadion, sondern in die Sporthalle. Gehört dieses Zelt deinem Vater?«

Stolz sieht sie an sich hinunter. »Das ist das offizielle Trikot. Hat Julius mir geliehen, er ist ja eigentlich für Kiel.«

Schade, ich ja auch, das darf ich mir dann nicht anmerken lassen.

»Ach so. Gehen wir los oder warten wir noch auf Marie?«

»Marie ist schon früher gegangen, sie holt Kathi ab, wir warten noch auf … da ist er schon.«

Was habe ich verbrochen? Womit habe ich es verdient, dass dieser Angeber sich ständig in meinem

Dunstkreis bewegt? Wieso habe ich jetzt Herzklopfen? Nur wegen diesem kranken Traum. Es ist so peinlich!

»Hallo Landei, sag mal, war dein Dorf nicht in der Nähe von Kiel?«

»Mein Dorf ist eine Kleinstadt. Ja, kurz vor Kiel.«

»Dann bist du doch bestimmt auch THW-Fan, oder?«

Paula, stell dich doof!

»THW?«

»Mensch, THW Kiel, deutscher Meister der Bundesliga.«

»Handball oder was?«

Julius verdreht die Augen und guckt seine Schwester kopfschüttelnd an. »Ich denke, Paula macht mit in eurer Handball-AG. Sie hat ja überhaupt keine Ahnung.«

»Lass sie in Ruhe, Julius. Wir haben alle erst mit Handball angefangen, wir können ja noch nicht alles wissen.«

Ich konzentriere mich auf meine Füße, um nicht zu grinsen, die rothaarige Nervensäge setzt nach. »Aber du weißt schon, dass wir uns heute ein Handball-Bundesligaspiel angucken?«

»Wirklich? Das ist aber nett, dass du mir das sagst. Ich hätte mich sonst die ganze Zeit gefragt, was die da unten nur machen. Ich habe nur nicht gewusst, dass Herr Hoffmann euch Knalltüten überhaupt mitnimmt. Das wundert mich.«

»Von uns Knalltüten kam der Vorschlag. Und wir hatten nichts dagegen, dass ihr Anfänger mitkommt.«

Ich schlucke jeden weiteren Kommentar runter, es lohnt sich nicht, außerdem können wir schon den Bus sehen. Vor dem Bus stehen Florian Hoffmann und die Zwillinge neben einem Mann, der mir bekannt vorkommt. Beim Näherkommen erkenne ich ihn. Es ist der schwimmende Vater von Mela und Lucie, heute wirkt das Verhältnis entspannter als neulich im Schwimmbad. Mela winkt uns ran, Julius stellt sich gleich wichtig neben Herrn Hoffmann, der sich zu uns umdreht und sagt: »Die Handball-AGs tauschen sich ja bereits aus, sehr gut.«

»*Er* ist *ihr* Bruder.« Mein Daumen weist erst auf Julius, dann auf Johanna, ich will hier keine Missverständnisse. Schon gar nicht mit rothaarigen Wichtigtuern. »Ich tausche hier gar nichts aus.«

Der Vater von Mela und Lucie grinst. »Oh, ist das Konkurrenz?«

Julius winkt ab. »Blutige Anfänger. Paula übt gerade einfaches Fangen, ihr Weg ist noch weit. So, ich steig schon mal ein. Hey, Thorben, halt mir einen Platz frei.«

Unbemerkt von den anderen zwinkert Florian Hoffmann mir zu. Mir, Paula Hansen! Ja! Weil wir ein Geheimnis haben. Während ich noch schwebe, bekomme ich mit, dass er sich vom Vater der Zwillinge verabschiedet. »Also, Dirk, hat mich gefreut, lass uns nächste Woche mal ein Bier trinken gehen.«

»Das machen wir. Also, Mela und Lucie, viel Spaß beim HSV, ihr meldet euch, ja?«

Die beiden steigen vor mir in den Bus ein und gehen zu einer Zweierbank, Johanna und ich setzen uns gegenüber. Ich lege sofort los. »Das war doch euer Vater, oder?«

»Ja.« Mela sieht ihm hinterher, als er sich umdreht, winkt sie. »Stimmt, wir haben uns ja mal beim Schwimmen getroffen.«

»Und er kennt Florian Hoffmann?«

»Sie haben zusammen Sport studiert. Das wussten wir auch nicht. Und neulich, als wir Vaterwochenende hatten, hat Lucie erzählt, dass wir jetzt Handball spielen, in der Schule, und einen neuen Sportlehrer haben. Dann kam das so raus. Mein Vater hat uns auch die Karten besorgt, er kommt über die Firma billiger dran. Jedenfalls ist er total begeistert, dass wir jetzt doch sportliche Ansätze haben.«

Lucie deutet auf Julius. »Wir trainieren sogar freiwillig, das macht echt Spaß. Und mein Vater versucht alles, damit wir weitermachen. Sogar zwanzig Eintrittskarten hat er organisiert, das ist doch super, oder? Und wir haben mit ihm viel weniger Stress als früher. Da kommt Jette.«

Johanna dreht sich um und sieht Jette entgegen. Die Bankreihe neben uns ist auch noch frei, Jette lässt sich auf den Sitz fallen und nickt uns knapp zu. »Da fehlt doch noch die Hälfte. Ich denke, wir wollen um 16 Uhr fahren.«

Wieso sieht sie eigentlich immer so gelangweilt aus? Wenigstens hat sie eine normale Jeans, einen normalen Kapuzenpulli und normale Turnschuhe an. Und sie ist nicht geschminkt. Na ja, kaum. Sie dreht ihren Kopf von uns weg und sieht aus dem Fenster. Unauffällig beobachte ich sie. Sie sieht eigentlich ganz anders aus als Vanessa Purschke, ich weiß gar nicht mehr genau, wieso ich sie überhaupt mal ähnlich fand. Vielleicht wegen der rosa Glitzerklamotten und der Haarspangen. Aber so wie jetzt sieht sie ganz anders aus. Als wenn sie meine Gedanken gehört hätte, dreht sie sich zu mir um. »Sag mal, Paula, willst du eigentlich nicht mal ein bisschen mit uns trainieren?«

»Wie? Ich meine, wieso?«

Johanna antwortet an ihrer Stelle. »Damit du auch schneller fit wirst. Du kommst sonst nicht so richtig mit.« Sie wird rot, das ist ihr jetzt selbst peinlich. »Ich meine nur, Julius kann echt richtig gut Handball spielen und das auch gut erklären. In einer Stunde pro Woche lernt man ja nicht so richtig viel. Und wir treffen uns zweimal die Woche und üben. Ganz locker, das macht Spaß.«

Mir fällt so schnell keine Antwort ein, zum Glück steigt in diesem Moment Frieda in den Bus, schiebt sich durch den Gang und lässt sich neben Jette sinken. »Hallo, ich bin ein bisschen spät losgegangen. Um was geht's?«

»Jette hat vorgeschlagen, dass Julius mir das Handballspielen beibringt. Zweimal die Woche.«

Frieda guckt erst mich, dann Jette, dann wieder mich an und fragt: »Wozu?«

Und Jette schüttelt nur den Kopf und winkt ab. Dabei war die Frage gar nicht doof.

Eine halbe Stunde später kommen wir in der Color Line Arena an. Wir haben richtig gute Plätze, in der Mitte, ziemlich unten, genau hinter einer der Auswechselbänke. Wir können sogar die Spieler reden hören, also zumindest, wenn sie sehr laut reden. Aber trotzdem tolle Plätze.

Ich sitze zwischen Frieda und Jette, genau hinter mir sitzen Julius und Johanna und vor mir Florian Hoffmann. Das hat sich so ergeben, die Plätze sind nummeriert und ich habe leider nicht drauf geachtet, wer hinter mir ist. Pech! Aber dafür ist meine Welt vor mir in Ordnung, man kann nicht alles haben.

Die Spieler machen sich warm. Während Jette auf den Torwart starrt, dem einer der Trainer die Bälle nur so um die Ohren haut, holt Frieda ein Fernglas, einen Notizblock und einen Stift aus ihrem Rucksack und legt sich alles auf ihren Schoß.

Florian Hoffmann dreht sich zu uns um und fragt: »Was hast du denn vor, Frieda?«

Sie sieht ihn freundlich an und antwortet: »Ich habe mir die letzten Spiele im Fernsehen angesehen und einige Statistiken gemacht. Hier gibt es ja keine Zeitlupenwiederholung, da muss ich alles gleich notieren.«

Herr Hoffmann schluckt und wendet sich wieder dem Spielfeld zu. Ich merke plötzlich, dass ich mit den Beinen wippe, und schlage sie schnell übereinander. Dabei sind meine Sitznachbarinnen so auf das Geschehen auf dem Spielfeld konzentriert, dass sie noch nicht mal merken würden, wenn ich hier einschlafen würde. Beruhigt kann ich mich wieder meinen Lieblingsspielern vom THW Kiel widmen. Es merkt keiner, wie ich sie mit den Blicken verfolge.

Nach der ersten Halbzeit führt Kiel mit drei Toren, 16 : 13. Frieda hat zwei Seiten vollgekritzelt, Namen, Kreuze, Pfeile und Zahlen, Jette sieht überhaupt nicht mehr gelangweilt aus, Florian Hoffmann vor mir hat einige Spielzüge erklärt, leider hat auch Julius dasselbe hinter mir getan und ich habe mir fast meine Unterlippe zerbissen, um nicht alle drei Minuten irgendetwas zu schreien oder zu kommentieren. Ich habe es aber geschafft.

In der Halbzeitpause stehen wir vor einem Getränkestand. Marie und Kathi haben einige Schiedsrichterentscheidungen und Spielzüge nicht begriffen, Frieda steht ruhig in der Mitte und erklärt es ihnen ganz sicher und geduldig. Selbst Florian Hoffmann, der dazukommt, bringt sie nicht aus der Ruhe. Als sie fertig ist, sieht sie ihn an. »Und? Habe ich etwas vergessen?«

»Nein«, er nickt anerkennend, »das hätte ich nicht besser erklären können. Frieda, ich glaube, ich mache dich zu meinem Taktik-Coach.«

Sie lächelt stolz.

Ein Stück weiter stehen Jette und Thorben zusammen. Ich habe Jette gesucht, sie hatte ihr Tuch auf ihrem Platz liegen lassen. Als ich in Hörweite bin, erzählt Thorben Jette gerade, wer Florian Hoffmann eigentlich ist. Jette ist total beeindruckt. Sie dreht sich zu mir. »Ach, mein Tuch, danke. Wusstest du, dass Hoffmann selbst Bundesliga gespielt hat?«

Was soll jetzt die Lügerei?

»Ja, in Göppingen.«

»Ach ja«, Thorben sieht mich dankbar an, »ich kam nicht auf den Verein. Genau, Göppingen. In zehn Minuten geht es weiter, ich muss noch aufs Klo, bis gleich.«

Er schiebt ab und ich bleibe neben dem blonden Gift stehen, das ich gar nicht mehr so giftig und doof finde. Anscheinend hört sie schon wieder meine Gedanken, langsam wird es unheimlich. »Paula, ich wollte dich vorhin nicht anmachen, als ich das mit dem Trainieren gesagt habe. Ich dachte, es könnte dir helfen. Jedenfalls kannst du gerne mitmachen. Du musst nur Julius Bescheid sagen.«

Schönen Dank auch, das fehlte mir noch. Freiwillig mit dem Trottel durch den Park.

»Danke, Jette, aber ich kriege das mit dem Handball auch anders hin. Kann ich jetzt schlecht erklären, wir müssen auch wieder rein.« Erleichtert deute ich auf den Tribüneneingang, durch den man die Spieler aufs Spielfeld kommen sieht. Sie folgt meinem Blick. »Oh ja, gut. Übrigens, das wollte ich dir noch sagen: Ich fand dich am Anfang ziemlich arrogant.«

Mir fällt die Kinnlade runter. Sie mich?

»Aber ich hatte wohl Vorurteile. Na ja, gegessen, also, gehen wir rein?«

Sprachlos trotte ich ihr hinterher und fixiere den blonden Zopf. Ich und arrogant! Wenn sie wüsste, welche Opfer ich schon gebracht habe, um nett zu sein. Sie hat ja überhaupt keine Ahnung!

Das Spiel gewinnt der HSV mit 34 : 32. Vor lauter Spannung springen wir in den Schlussminuten alle auf, Frieda brüllt ständig, dass der HSV über die rechte Seite kommen soll. Sie ist so laut, dass sich irgendwann, nachdem tatsächlich ein Tor von rechts gefallen ist, einer der Auswechselspieler umdreht, sich in Friedas Richtung verbeugt und den Daumen hochhält. Sie hebt kurz die Hand und nickt ernst, um sich sofort wieder auf das Spiel zu konzentrieren. Ich bin fast schon stolz auf sie.

Nach dem Abpfiff bleiben wir noch einen Moment auf unseren Plätzen sitzen. Florian Hoffmann sitzt in der Mitte, fasst das Spiel noch mal zusammen, erklärt einige Spielzüge und Taktiken und sieht dafür ab und zu auf Friedas Aufzeichnungen, die sie ihm hinhält.

Schließlich steht er auf. »So, jetzt haben hoffentlich alle von euch verstanden, warum ich so ein Handball-Fan bin. Das war ja ein richtig irres Spiel. Ich hoffe, dass sich das auf euch überträgt. Ich möchte nämlich gerne zwei Handballteams zum Hamburger Schulturnier im Dezember anmelden, also eine männliche und eine weibliche Mannschaft. Wir haben noch drei

Monate Zeit, inklusive einer Intensivtrainingseinheit in den Herbstferien, nur freiwillig natürlich. Was ist, seid ihr dabei?«

Die Antwort besteht aus begeisterten Pfiffen und Fußgetrommel, während ich mich innerlich von meinem Herbsttrainingscamp in Malente verabschiede. Ich will zum Schulturnier, Malente werde ich verschieben. Einen Weltklassetrainer habe ich hier auch. Und der guckt mich gerade fragend an, unauffällig nicke ich ihm zu und klatsche mit den anderen mit.

Kampfkater Bean

Anton steht an der Haustür, als ich aus der Schule komme, und strahlt mich an.

»Ich habe eine Eins im Diktat, und ich darf deshalb heute ein ›Wilde Fußballkerle‹-Buch kaufen, und es gibt Pizza, und Mr Bean hat gegen den dicken Kater von dahinten gewonnen, aber er hat trotzdem eine fette Schramme am Bein, und Mama hat ihn beim Tierarzt angemeldet, und da fahren wir nach dem Essen mit, und du ...«

»Aanton!« Fast betäubt von diesem Redeschwall lasse ich meine Schultasche fallen und schließe die Haustür hinter mir. »Kann ich vielleicht erst mal reinkommen?«

»Ja, Mr Bean kann nicht allein zum Tierarzt und ...«

»Essen.« Meine Mutter kommt mit einem Backblech aus der Küche. »Hallo Paula, wie war es in der Schule?«

Ich hasse diese Frage. Sie kommt jeden Tag, was soll man darauf schon antworten? Ich variiere zwischen »Geht so«, »Gut« und »Wie immer«. Wobei ich glaube, dass meine Mutter sowieso nicht richtig hinhört.

»Was ist mit Mr Bean?«

Der Kater hört seinen Namen, er kommt langsam um

die Ecke gehumpelt und maunzt mich an. Während ich in die Hocke gehe und Mr Bean seinen Kopf an meinem Knie reibt, plappert Anton weiter. »Er ist der Held der Straße, er hat den anderen so weggehauen.«

Ich möchte ja nicht wissen, wie der Nachbarskater aussieht, wenn schon der Sieger so zugerichtet ist. Die Wunde am Bein ist bestimmt fünf Zentimeter lang und ziemlich breit. Ekelig.

Meine Mutter bückt sich zu uns hinunter. »Ich glaube, das ist nicht so wild. Aber er muss sowieso wieder geimpft werden, deshalb habe ich heute Nachmittag einen Termin beim Tierarzt gemacht. Dann kann er sich das Bein gleich angucken. So, und jetzt kommt essen.«

Der nächste Tierarzt hat seine Praxis neben einem Einkaufszentrum. Ich brauche neue Schnürsenkel für meine Turnschuhe und ein Geschenk für Ellen, sie hat nächste Woche Geburtstag. Anton darf sich ein Buch kaufen, weil er tatsächlich eine Eins im Diktat hat, also beschließt meine Mutter, dass wir alle zusammen mit dem Kampfkater fahren.

Das Wartezimmer ist brechend voll. So voll, dass zwei Frauen mit einem Hamsterkäfig schon stehen müssen. Meine Mutter sieht sich etwas ratlos um und geht zur Rezeption. Wir folgen ihr, ich trage den Transportkorb mit dem beleidigten Mr Bean.

»Entschuldigung, ich habe einen Termin um 15 Uhr, das dauert wohl länger, oder?«

Die Empfangsdame wirft erst einen Blick auf ihren Planer, dann ins Wartezimmer. »Frau Hansen? Mit einem verletzten Kater?«

»Genau. Mr Bean.«

»Wie? Ach so. Ja, es tut mir leid, aber wir hatten zwischendurch einen Notfall. Sie müssen wohl eine knappe Stunde warten. Oder wollen Sie einen neuen Termin? Morgen?«

Sie ist nett, aber sie hat keine Ahnung, was es für ein Akt ist, unseren Kater in diesen Transportkorb zu bekommen. Mr Bean hasst dieses Teil. Sobald er es sieht, ergreift er panisch die Flucht. Wir haben zu dritt eine halbe Stunde gebraucht, um ihn hinter der Waschmaschine zu finden und rauszuzerren. Dann noch mal eine halbe Stunde, um seine Vorderbeine zusammenzuklappen, die er immer rechts und links vor die Öffnung stemmt. Und als er endlich fauchend und stinksauer in dem Korb saß, mussten wir uns noch gegenseitig verpflastern. Ich habe drei Kratzer am Unterarm, meine Mutter fünf auf beiden Händen. Anton hatte Glück, er hat nur eine ganz kleine Schramme an der Schulter.

Mr Bean macht gurgelnde Geräusche, meine Mutter guckt ihn an und sagt: »Auf gar keinen Fall. Es sei denn, ich lasse ihn bis morgen im Korb.«

»Mama.« Ich finde, das geht zu weit. Schließlich ist er verletzt. Und ein Held. Auch wenn er im Moment nicht so aussieht. »Er kann doch nicht 24 Stunden da drin hocken.«

»Ich habe aber keine Lust, mir diesen Stress innerhalb 24 Stunden zweimal anzutun. Nein, da warte ich lieber eine Stunde.«

Anton zieht mich am Ärmel. »Aber wir können nicht sitzen. Und ich will nicht neben dem großen Hund stehen.« Er zeigt auf eine schwarze Dogge, die diagonal im Raum steht und leise vor sich hin knurrt. Sehr sympathisch finde ich dieses Kalb auch nicht.

»Mama, kann ich nicht schon mit Anton ins Einkaufszentrum gehen? Wir kaufen Schnürbänder und gehen in die Buchhandlung. Und dann kommen wir wieder her. Okay?«

Anton hüpft begeistert auf der Stelle, meine Mutter guckt skeptisch. Die Riesendogge fühlt sich durch meinen kleinen Bruder anscheinend irritiert, fletscht die Zähne und bellt in seine Richtung, was die Besitzerin nur dazu bringt, an der Leine zu zerren und zu sagen: »Müssen die Kinder auch noch rumhopsen? Hier ist doch kein Spielplatz.«

Ein frostiger Blick meiner Mutter bringt sie zum Schweigen, nach kurzem Nachdenken sagt Mama: »Na gut. Hast du dein Handy mit, für alle Fälle?«

Ich zeige es ihr, sie gibt mir zwanzig Euro und guckt auf die Uhr. »Es ist jetzt kurz vor drei, ihr seid spätestens um Viertel vor vier wieder hier, falls ich früher drankomme, warte ich. Und nimm Anton an die Hand.«

Sofort schiebt sich seine etwas klebrige Hand in meine, wir drücken uns am Riesenkalb vorbei und laufen ins Einkaufszentrum.

Die Buchhandlung ist direkt am Eingang, Anton zieht mich sofort in den Laden, er will gleich sein »Wilde Fußballkerle«-Buch.

»Ich weiß, wo die stehen.« Er legt solch ein Tempo vor, dass ich kaum mitkomme. Mich hat er losgelassen, ich glaube, es ist ihm peinlich. Erleichtert lasse ich ihn, meine Hand ist schon ganz klebrig.

In der Kinderbuchabteilung geht er zielstrebig zum richtigen Regal, nach fünfzehn Sekunden hat er das Buch in der Hand. »Guck, Band sechs. Das ist es. Wo ist die Kasse?«

Nach dem Bezahlen muss ich ihn mit Engelszungen überreden, das Buch in der Tüte zu lassen. Am liebsten würde er sofort anfangen zu lesen, hier und gleich.

»Anton, steck das weg, sonst trage ich die Tüte. Wir gehen jetzt Schnürbänder kaufen, guck mal, da ist ein Sportgeschäft, da kriegen wir die, und du kannst dir die Fußballschuhe angucken, oder die Bälle, was auch immer. Komm.«

Er guckt ein bisschen maulig, drückt die Tüte an sich und trottet neben mir her. Die Schnürbänder finde ich sofort, nur an der Kasse ist eine lange Schlange, in die wir uns einreihen. Es ist warm. Laute Musik wummert aus den Lautsprechern, auf mehreren Bildschirmen laufen Werbefilme und Anton drückt sich an mich.

»Ich habe keine Lust, so lange zu stehen. Es ist so laut hier.«

»Ich weiß, aber ich muss ja bezahlen. Wir sind doch gleich dran.«

Seine Unterlippe zittert. »Ich kann aber nicht mehr stehen.«

Manchmal kann er einem wirklich auf den Geist gehen. Nur weil er lesen will.

»Du hättest ja auch bei dem Hund bleiben können. Jetzt nerv nicht.«

Die Unterlippe zittert stärker. »Aber ich ...«

»Anton! Echt jetzt!« Seine Augen hinter der Brille werden glasig, sofort tut er mir leid. »Da vorn ist eine Bank. Setz dich da hin und guck in dein Buch, bis ich bezahlt habe. Dann brauchst du nicht mit mir zu warten.«

Mit tränenfeuchtem Lächeln dreht er sich um und geht auf die Bank zu. Sobald er sitzt, holt er sein Buch aus der Tüte und schlägt es auf. Er guckt noch einmal hoch und grinst mich an, dann versinkt er in den Seiten.

Ich wende mich wieder um und zähle die Leute, die vor mir in der Schlange stehen. Noch sechs. Und alle haben auch noch mehrere Teile. Auf dem Monitor über der Kasse läuft gerade eine Nike-Werbung. Direkt danach schwenkt eine Kamera durch eine Sporthalle, die mir bekannt vorkommt. Tatsächlich, es ist die Color Line Arena. Und das Bild kommt mir bekannt vor, weil ich die THW-Kiel- und die HSV-Farben erkenne. Es ist eine Aufzeichnung des Spiels, das wir letzte Woche gesehen haben. Wahnsinn. Und jetzt schwenkt die Kamera auch noch über die Tribüne und stoppt an der Auswechselbank. Und plötzlich kann ich uns sehen! Florian Hoffmann, der applaudiert, Frieda, die hektisch Notizen macht, Jette, die ihren Arm hochreißt, und – ach du Schande – wie sehe ich denn da aus? Ganz verbissen und ernst. Hinter mir beugt sich was Rothaariges vor, jetzt sind wir auch noch zusammen im Fernsehen, wie peinlich. Er lächelt zu mir runter, oder mich an, wie guckt der denn?

»Gehst du bitte mal ein Stück vor?«

Eine Frau hinter mir stupst mich leicht an die Schulter, ich habe nicht bemerkt, dass die Schlange nachgerückt ist. Vor mir ist eine Riesenlücke.

»Oh, Entschuldigung.«

Wir rücken auf, ich muss mir fast den Hals verrenken, um weiterzugucken. Jetzt wird das Spiel gezeigt, es ist schon die zweite Halbzeit. In einer Spielunterbrechung kommt wieder die Auswechselbank ins Bild, die Kamera macht einen Schwenk ins Publikum und zeigt Julius, der ganz ernst aufs Spielfeld guckt. Anscheinend macht Fernsehen schön, auf einmal sieht er eigentlich ganz gut aus. Ein Wunder!

Mein Puls schlägt ganz oben in meinem Hals, es ist auch wirklich warm hier, und um mich abzulenken, drehe ich mich zu Anton um. Und jetzt verdoppelt sich mein Pulsschlag und es wird noch heißer. Anton ist weg. Wie vom Erdboden verschluckt, neben seinem Platz liegt das Buch, darunter die Tüte, nur er ist nicht zu sehen. Hektisch trete ich aus der Reihe und laufe zu der Bank. Nichts. Ein Mann setzt sich auf Antons leeren Platz, um Turnschuhe anzuprobieren. Als ich vor ihm stehe, hebt er den Kopf und deutet auf das Buch. »Gehört das dir?«

»Nein, meinem Bruder. Er saß doch gerade noch hier.«

Der Mann schüttelt den Kopf und schnürt den Turnschuh zu. »Nein, ich probiere schon das zweite Paar, hier war niemand. Der ist dir wohl ausgebüchst.«

Er grinst so bescheuert, dass ich ihm eine reinhauen könnte. Stattdessen versuche ich, durch die Nase zu atmen, um die kalte Panik, die mich erfasst, unter Kontrolle zu bekommen.

Wo steckt mein Bruder? Und wieso hat er das Buch liegen gelassen? Ich greife danach und lege die Schnürsenkel an die Stelle. Das Buch an mich gedrückt, überlege ich fieberhaft, wo ich suchen soll. Vielleicht musste er zur Toilette? Ich suche ein Hinweisschild und finde es auch. Gegenüber vom Gang sehe ich Türen. Das wird die Erklärung sein, deswegen hat er auch das Buch liegen gelassen, er kommt ja gleich wieder zurück. Ich kann ihm ja entgegengehen. Niemand ist in dem Raum, dann fällt mir ein, dass Anton doch nicht auf die Damentoilette geht. In die andere kann ich aber nicht gehen. Ich atme übertrieben, ein, aus, ein, aus. Ruhig bleiben! Nachdenken! Ein jüngerer Mann geht an mir vorbei, es ist egal, ich halte ihn am Ärmel fest.

»Entschuldigung.« Meine Stimme ist ganz dünn,

ich muss mich räuspern. Trotzdem bleibt er stehen. Richtig freundlich ist er nicht. »Was ist?«

»Würden Sie mir einen Gefallen tun? Können Sie bitte mal im Herrenklo gucken, ob mein Bruder da drin ist?«

»Den kenne ich doch nicht.«

Ich halte ihn immer noch am Ärmel fest und zeige auf die Höhe meiner Schulter. »So groß, blond mit Brille.« Jetzt habe ich auch noch Tränen in den Augen, verzweifelt versuche ich, sie wegzuzwinkern. »Können Sie bitte mal gucken?«

Er mustert mich, jetzt etwas freundlicher, nickt. »Na gut«, und verschwindet hinter der Tür. Eine Ewigkeit lang. Ich kaue auf der Nagelhaut meines Daumens. Anton wird bestimmt gleich rauskommen. Wieso lässt er sein Buch einfach liegen? Das hätte auch geklaut werden können, dann wäre was los gewesen. Der kann gleich was erleben!

Der Mann kommt raus und schüttelt den Kopf. »Nichts. Auch nicht in den Kabinen, ich habe in alle reingeguckt. Tut mir leid, schönen Tag noch.«

Er geht und ich sehe hinterher. Schönen Tag noch? Was mache ich denn jetzt?

Vielleicht ist er in die Buchhandlung zurückgegangen. Aber wozu? Vielleicht war ihm langweilig. Aber er hat doch gelesen. Kopflos renne ich den Gang runter, sehe in die Eisdiele, in ein Fernsehgeschäft, in ein Spielwarengeschäft. Nichts. Keine Spur von Anton. Ich bin so zittrig, dass ich kaum noch ruhig atmen kann.

Ich muss Mama anrufen. Für alle Fälle, hat sie gesagt, was soll ich ihr denn sagen? Dass ich Anton verloren habe? Ich sollte ihn doch festhalten, das habe ich aber nicht gemacht, nur weil er klebrige Finger hatte und unbedingt lesen wollte. Das mit den Fingern ist mir doch ganz egal, das wird mich nie wieder stören. Anton! Ich stehe wieder vor dem Sportgeschäft, gehe wieder hinein, die Bank ist immer noch leer. Mir fällt ein, dass ich meinen Eltern nach dem Umzug sogar damit gedroht habe, dass Anton verschleppt wird. Hätte ich das nur nie gesagt, es war doch auch gar nicht so gemeint. Es ist nichts von ihm zu sehen. Also renne ich wieder raus, krame nach meinem Handy, ich sehe die Uhrzeit, es ist gleich halb vier, ich muss jetzt doch anrufen, ich weiß nicht, wo ich suchen soll, mir ist so heiß und ganz schlecht.

»Paula!«

In diesem Moment höre ich nichts außer Antons Stimme. Mein Herzschlag setzt einmal aus, ich drehe mich in die Richtung, aus der das Rufen kam, und habe Angst, dass ich mich verhört habe. Mein ganzer Körper zittert, anscheinend höre ich nicht nur Stimmen, sondern habe auch Wahnvorstellungen. Mein kleiner Bruder kommt mir entgegen – an der Hand von Julius.

Ich bin so erleichtert, dass ich mich hinhocken muss. Die beiden bleiben vor mir stehen. Ich kann gar nicht sprechen, starre Anton nur an.

»Der Hund kam in den Laden, da wollte ich lieber

draußen warten. Hast du die Schnürbänder bezahlt? Holen wir jetzt Mama und Mr Bean ab?«

Julius hockt sich vor mich hin. »Paula? Alles in Ordnung mit dir?«

Irgendwas ist mit seiner Stimme, dass es mir wieder die Tränen in die Augen treibt. Ich versuche, etwas zu sagen, mir fällt aber nichts ein. Julius steht wieder auf und zieht mich mit hoch. »Ist dir was passiert? Sag doch mal was.«

Ich spüre seine warme Hand an meinem Nacken. Was macht er da?

»Ich habe Anton überall gesucht. Ich dachte schon ...« Meine Stimme bricht, ich muss husten. »Er war plötzlich weg.«

Jetzt merkt auch Anton, dass etwas nicht stimmt. »Aber der Hund kam. Und der guckte immer zu mir. Und dann bin ich raus. Ich wollte nicht, dass der näher kommt.«

»Welcher Hund denn? Du kannst doch nicht einfach abhauen! Du musst mir doch sagen, wo du bist.«

Ich kann schon wieder schreien. Anton bekommt wieder glasige Augen und Julius guckt uns abwechselnd an.

»Aber ich hab dir das doch auf die Tüte geschrieben. Du standest doch hinterm Hund.«

Jetzt schreit Anton auch. Ich verstehe nichts mehr, nur Julius hat anscheinend das Durcheinander kapiert.

»So, jetzt ist gut, hört auf zu schreien. Ich war auch

im Sportladen, da habe ich Anton gesehen, wie er steif und ängstlich auf der Bank saß. Zwei Meter entfernt stand ein Monstrum von Hund, da bin ich zu ihm hingegangen. Ich dachte, er braucht Hilfe. Dich habe ich gar nicht gesehen.«

»Das war der Hund von vorhin. Der mich angebellt hat. Ich hab den wiedererkannt.« Anton fühlt sich ungerecht behandelt.

Ich gucke ihn nur an.

»Ich konnte nicht zu dir hingehen, weil der Hund doch im Weg stand.« Jetzt hat Anton Tränen in den Augen. »Und dann habe ich Julius gefragt, ob er mit mir in die Eisdiele geht und mit mir auf dich wartet. Und dann hat er Ja gesagt.«

Jetzt werde ich wieder sauer. »Aber du musst doch Bescheid sagen. Und du kannst doch nicht einfach meinen Bruder mitnehmen.«

»Anton hat mir gesagt, du weißt Bescheid. Und ich habe dich nicht gesehen.«

»Ich war an der Kasse. Und ich wusste nicht, wo er ist.«

»Aber ich hab das geschrieben.« Anton zieht jetzt an der Tüte, die ich immer noch an mich presse. »Da!«

In seinen ungelenken Buchstaben steht da ein Satz:

Hund da bin bei Eis komm

Deswegen hat er das Buch auf der Tüte liegen gelassen! Langsam fühle ich mich wieder normal und merke, dass Julius mich anguckt, als wäre ich nicht ganz dicht. Und mir fällt ein, wen wir da eigentlich in unserer Mitte haben. Jetzt werde ich auch noch rot. Aber anscheinend findet der liebe Gott, dass ich heute schon genug gelitten habe, denn in diesem Moment klingelt mein Handy. »Mama ruft an.«

»Hallo Mama.«

»Hör mal, Paula, Mr Bean kriegt jetzt eine kleine Betäubung, wir können ihn erst in einer Stunde mitnehmen, ich muss hier aber nicht warten. Pass auf, gegenüber der Buchhandlung ist eine Eisdiele, setzt euch da rein, ich komme hin. Ja? In zehn Minuten, bis gleich.«

Ich stecke das Handy wieder weg und sage: »Wir sollen wieder in die Eisdiele gehen, unsere Mutter kommt da hin. Also dann, tschüss.«

»Wie?« Julius guckt mich verblüfft an. »Du willst mich doch wohl nicht hier stehen lassen? Nix, ich komme mit. Sonst verlierst du Anton vielleicht noch mal.«

»Du …«

»Sag es nicht. Dein kleiner Bruder hört mit und wiederholt sonst das böse Wort. Komm, jetzt sei nicht gleich wieder zickig, gerade eben warst du doch auch schon mal ganz nett. Jetzt werde nicht gleich wieder arrogant.«

Sprachlos bleibe ich stehen, während der Typ, der mir die meiste Zeit auf die Nerven geht, schon wieder mit meinem kleinen Bruder auf dem Weg zum Eisessen ist. Wäre ich bloß im Wartezimmer geblieben. Mr Bean ist zwar beleidigt, aber er hätte mich nicht halb so angestrengt wie ein einfacher Schnürsenkelkauf. Dabei fällt mir ein, dass ich immer noch keine habe.

Weil meine Mutter bereits nach acht Minuten da ist, fällt es gar nicht auf, dass ich schweigsam bin. Julius erzählt ihr, dass wir uns im Sportgeschäft getroffen haben und er mit Anton draußen gewartet hat, es klingt alles sehr harmlos, man muss nur die richtigen Details weglassen. Wobei mir einfällt, dass ich mal ein ernstes Wort mit Anton reden muss. Er kann doch nicht mit jedem mitgehen, dem er nur einmal im Schwimmbad einen Frisbee ins Kreuz geschmissen hat.

Nach einer Viertelstunde steht Julius-ich-bin-so-ein-netter-Typ auf und geht endlich los. Meine Mutter sieht ihm nach und sagt dann: »Wirklich ein netter Junge.«

Ich habe es gewusst.

»Und er spielt ja auch Handball.«

»Woher weißt du das denn?«

»Die trainieren auch mittwochs, ich sehe ihn immer, wenn ich Anton vom Fußball abhole. Ich bin doch vor ein paar Wochen zu spät gekommen, als dieser blöde Nachbar mich so zugeparkt hat. Da hat sich Julius ganz nett um Anton gekümmert, er durfte sogar mit in die Halle, nicht, Anton?«

»Ja.« Mein kleiner Bruder kratzt mit einem Höllenlärm seinen Eisbecher aus. »Julius ist jetzt mein Kumpel. Hat er gesagt. Der kann fast besser Handball spielen als Paula. Hab ich ihm auch gesagt.«

»Was hast du ihm gesagt?«

»Dass er fast besser spielen kann als du.« Anton guckt treuherzig. »Aber nur fast.«

Ich nehme mir vor, mir mal anzugucken, wie dieser Supertyp spielt. Wahrscheinlich ist die Hälfte wieder nur Angeberei. Das kann ich mir so richtig vorstellen. Schließlich ist er nicht Florian Hoffmann. Noch nicht mal annähernd. Nie!

Mr Beans Betäubung wirkt noch, als wir ihn abholen, deshalb lässt er sich ganz leicht in den Transportkorb legen. Er hat jetzt eine Narbe am Bein, der Tierarzt sagt, dass das Fell wieder drüberwächst, er wäre bald wieder wie neu. Im Auto streichele ich seine Nase durch das Gitter des Korbs und überlege, warum mich nach Jette auch Julius arrogant findet.

Ich bin gerade mit der letzten Reihe der Vokabeln fertig, als meine Mutter in mein Zimmer kommt. Sie setzt sich aufs Bett und sagt: »Anton hat mir erzählt, dass du ihn angebrüllt hast. Und irgendwas mit einer Tüte? Was war denn da los?«

Sie hat einen Ton drauf, der mir sagt, dass sie nicht eher mein Zimmer verlässt, bevor ich die Fragen beantwortet habe. Ich bin zu müde für Widerstand, also drehe ich meinen Schreibtischstuhl in ihre Richtung und erzähle ihr meinen Stress beim Schnürbänderkaufen.

Als ich fertig bin, sieht sie mich nachdenklich an

und meint: »Das war ja dann Glück, dass Julius gerade aufgekreuzt ist.«

»Quatsch, Glück. Wenn er sich nicht eingemischt hätte, wäre Anton gar nicht abgehauen.«

»Was heißt eingemischt, er hat ihm doch nur geholfen.«

»Na ja.«

»Paula, ich finde, du nimmst das ein bisschen leicht. Mir ist überhaupt nicht wohl bei dem Gedanken, was da alles hätte passieren können. Anton ist manchmal auch zu freundlich. Und dass du ihn einfach aus den Augen verlierst, enttäuscht mich schon.«

»Ich habe ihn nicht richtig aus den Augen verloren.«

Sie guckt mich sehr skeptisch an. »Na egal, ich werde mich noch mal bei Julius bedanken. Das ist ja nicht selbstverständlich, dass er sich um einen Achtjährigen kümmert, während dessen Schwester vor einem Fernseher steht.«

Ich hätte auch die Details weglassen sollen. Und von wegen, ich habe es leichtgenommen. Ich wäre fast kollabiert. Aber dafür haben wir ja den rothaarigen Retter. Super. Und ich habe die Schuld.

Hi Paula,
hier ist so viel passiert, das kann ich alles gar nicht schreiben, wir müssen uns also unbedingt mal wiedersehen. Und jetzt kommt's, das tun wir auch! Ich habe eine ganz irre Überraschung. Ich habe zu meiner Mum gesagt, dass ich überhaupt keinen

Bock habe, meinen Geburtstag zu feiern. Willst du mit 13 noch Kaffee trinken und Pommes essen? Also ich nicht. Und jetzt haben sie die Megaidee gehabt: Wir haben Karten für die Handball-Bundesliga! Nächste Woche, genau an meinem Geburtstag, spielt nämlich Flensburg gegen Hamburg, und zwar in HAMBURG. Ich darf vier Leute einladen, mein Vater fährt mit uns hin und anschließend gehen wir noch was essen. Du bist natürlich eingeladen, und dann kommen noch Jana, Ann-Kathrin und Max mit. Ist das nicht cool?

Vielleicht wunderst du dich über Max, ich weiß auch gar nicht genau, wie ich dir das erzählen soll, am besten direkt: WIR SIND ZUSAMMEN!

Das ist so toll, das kannst du dir gar nicht vorstellen. Wir waren doch letzte Woche im Kino und hinterher hat er mich nach Hause gebracht, und dann hat er gesagt, dass er schon länger in mich verknallt ist. STELL DIR DAS VOR! Und als wir bei uns angekommen sind, hat er meine Hand genommen und sich zu mir runtergebeugt. Er wollte mich küssen! Und genau in dem Moment kommt meine Mutter raus und rollt die Mülleimer an die Straße. Das war ihr selbst peinlich, glaube ich. Und mir erst ...

Ich hoffe, es geht Mr Bean besser! Bis ganz bald, Herzklopfengrüße von deiner Ellen.

PS: Habe gerade gehört, dass dein Vater die Karten über seine Bank besorgt hat. Aber vielleicht war es für dich trotzdem eine Überraschung, er sollte dir nichts sagen. Sagt meine Mutter. MISS U

Hallo Ellen!
Cool! Ich meine, ich finde das toll, dass du an deinem Geburtstag in Hamburg bist und wir in die Color Line Arena gehen. Das mit Max ist auch super, das freut mich echt für dich, weil ich schon die ganze Zeit gewusst habe, dass du in ihn verliebt bist. Wenn man Coloradotüten zusammen leer kriegt, ahnt man so was. Dass mein Vater die Karten besorgt hat, hat er mir vorhin erzählt. Aber weißt du, wieso? Halte dich fest, oder mich, je nachdem. Er hat eine Karte zusätzlich gekauft, die will meine Mutter nämlich JULIUS schenken, für die große Anton-Rettung. Ich dachte, ich höre nicht richtig!!! Der spielt sich auf wie sonst was, bringt alles durcheinander, treibt mich fast in den Wahnsinn, und wir sollen den dafür mit in die Halle nehmen? An deinem Geburtstag? Ich habe nichts, aber auch gar nichts dazu gesagt. Ich habe mich nur geweigert, ihm die Karte selbst zu geben, das soll doch der gerettete Anton machen, oder meine Mutter beim Brötchenholen, ich jedenfalls nicht. So. Ich gehe jetzt ins Bett, genervte Grüße,
Paula

Paula, Paula, du regst dich viel zu doll über J. auf. Mein Coloradotütenorakel hat da eine ganz andere Erklärung. Ich gucke mir den noch mal in Ruhe an, der erste Eindruck war nämlich gar nicht schlecht. Ich weiß echt nicht, was du gegen ihn hast. Denk mal drüber nach. Gute Nacht. E.

Ellen! Dein Hirn ist anscheinend total aufgeweicht. Du spinnst! Er ist ein Idiot, er bleibt ein Idiot. Vergiss es! Nacht! P.

Viel zu warm hier

Ich entdecke Ellen zuerst und zupfe meinen Vater am Ärmel. »Da stehen sie, da vorn, vor der Würstchenbude. Ellen, hallo Ellen!«

Mindestens fünf Leute drehen sich um, als ich in die Richtung brülle, nur Ellen redet weiter mit Max und Jana. Sie sieht erst hoch, als ich vor ihr stehe.

»Herzlichen Glückwunsch zum Geburtstag, dein Geschenk bekommst du nachher, es liegt noch im Auto.« Ihre Antwort erstickt, weil ich sie so drücke, ich kann nur ›Kuss‹ verstehen. »Was?«

»Danke«, sie hält noch meinen Arm fest und sieht sich um, »ich habe gefragt, wo Julius ist. Du wolltest ihn doch mitbringen.«

»Ich *wollte* ihn überhaupt nicht mitbringen, wir *sollten* ihn mitnehmen. Aber er hat nur die Eintrittskarte kassiert und meiner Mutter gesagt, dass er direkt in die Halle kommt. Mr Wichtig hat noch einen Termin. Vielleicht habe ich Glück und er schafft es nicht. Jedenfalls bin ich mit meinem Vater allein gekommen. Hallo Jana, hallo Ann-Kathrin, hi Max.«

Wir haben noch über eine halbe Stunde Zeit bis zum Anpfiff. Ellens Vater holt mir eine Cola und stellt sich etwas abseits neben meinen Vater, wir sind ihnen wohl zu laut.

»Los, erzähl mal«, Jana rückt näher an mich ran und senkt ihre Stimme, »was ist das für ein Typ, dieser Julius? Ellen hat da ein paar Andeutungen gemacht, das klingt ja, als ob …«

»Ach, Quatsch!« Ich gucke zu Ellen rüber, sie hat aber nur Augen für Max, der sich gerade zu ihr runterbeugt, um ihr irgendetwas ins Ohr zu flüstern. Meine Güte, sie himmelt ihn genauso an wie Vanessa. Sie sieht schon fast genauso aus. Was ist denn da passiert?

»Paula! Nun sag doch mal.« Ann-Kathrin stellt sich in meine Blickrichtung. »Los. Wie sieht er denn aus? Und wo ist er?«

»Wer?« Ich strecke meinen Hals, um das junge Glück sehen zu können. Hat er sie jetzt echt geküsst? Mitten in der Halle? Ich glaube das nicht. Meine Freundin Ellen.

»Na, Julius!« Jana schüttelt mich ungeduldig an der Schulter. »Ellen hat gesagt, du bist in ihn verknallt.«

»Was?« Ich habe mich wohl verhört. Jana und Ann-Kathrin gucken mich beide grinsend an. »Ich bin doch nicht verknallt. Nicht in diesen Idioten. Das ist so ein rothaariger Wichtigtuer, ein totaler Angeber. Seine Schwester ist in meiner Klasse, deshalb sehe ich den dauernd. Der ist nicht ganz dicht in der Birne. Ich kann den überhaupt nicht ab, außerdem macht er nur dämliche Sprüche, wenn er mich sieht. Blöd wie ein Toastbrot und …«

»Hallo Paula.«

Leider werde ich nicht auf der Stelle vom Boden verschluckt, sondern auch noch rot.

»Ach … Julius.«

Ich bin auch viel zu dick angezogen. Viel zu warm hier.

Jana schiebt sich vor mich. »Ich bin Jana. Hallo. Das ist Ann-Kathrin, Ellen, sie hat Geburtstag, und Max.« Sie lächelt ihn breit an. Und das Toastbrot lächelt noch breiter zurück.

»Hi. Ich hole mir eine Cola. Möchte noch jemand was?«

»Ich guck mal, was es gibt«, sagt Jana.

Ann-Kathrin und ich sehen den beiden nach, bis sie nebeneinander vor dem Tresen stehen.

»Der ist doch ganz nett. Und der sieht echt gut aus.«

»Warte ab, bis er mehr als zwei Sätze sagt. Und ich finde rote Haare bescheuert.«

»Och«, Ann-Kathrin kaut auf ihrer Unterlippe, »ich nicht. Und ich glaube, Jana auch nicht, guck mal, er hat schon mehr als zwei Sätze zu ihr gesagt und sie grinst immer noch.«

Von hinten sieht Julius wirklich gar nicht so schlecht aus, wenigstens hat er gute Klamotten an, schwarze Jeans, schwarzes Kapuzen-Sweatshirt, schwarze Turnschuhe. Plötzlich dreht er sich um, sieht mich an und zwinkert. Idiot. Schnell ziehe ich meinen Pulli aus, das ist echt viel zu warm hier.

Ich sitze zwischen Julius und Ellen, dafür kann ich nichts, die Plätze sind ja nummeriert. Ellen hält Händchen mit Max, Jana, die neben Julius sitzt, guckt ihn so an, als würde sie das auch gern tun. Hatten die alle was in ihrer Cola?

Ich versuche, mich auf das Spiel zu konzentrieren, das seit zwanzig Minuten läuft, werde aber ständig von Janas Getuschel und Julius' Antworten abgelenkt. Worüber reden die denn bloß?

Es nervt!

Der HSV wirft ein Tor, Julius springt auf und klatscht, ich schlage meine Beine übereinander, dieser Wichtigtuer. Ich habe den Spielstand gar nicht mitbekommen, zum Glück gibt es eine Anzeigetafel. 16 : 14 für den HSV. Im Lärm der Halle höre ich nicht, was Jana zu Julius sagt, verstehe aber seine Antwort: »Echt? Du spielst auch?«

Jetzt lächelt er sie auch noch so albern an. Und sie genauso zurück. Jetzt muss ich zur Toilette. Und zwar mitten im Spiel.

Ich sitze auf dem Klo und lese mir die Sprüche durch, die auf der Tür stehen: *Fabi liebt Gesa, Petra war hier, Kiel wird Deutscher Meister, alles Scheibenkleister, Du hast die Haare schön, Hamburg, meine Perle, J&J* … Was?

Julius und Jana. Ich weiß gar nicht, warum mich das nervt. Na ja, ich kann ihn eben nicht ab. Ich habe mir den Nachmittag ganz anders vorgestellt. Statt wie früher mit Ellen, Jana und Ann-Kathrin die Mannschaft anzufeuern, macht die eine nur mit ihrem Max rum und die andere verbündet sich mit dem größten Affen der Nation.

Aber es ist auch schwachsinnig, mir deshalb das Spiel versauen zu lassen. Kurz entschlossen stehe ich auf. Sollen sie doch alle machen, was sie wollen. Ich habe übermorgen wieder Handball-AG mit Florian Hoffmann und er ist jetzt mein Verbündeter. Da kann mir der Rest doch egal sein.

Mit Schwung stoße ich die Toilettentür und mit noch mehr Schwung die Ausgangstür auf und dem Rest genau an den Schädel.

»Aua.« Julius springt ein Stück nach hinten und reibt sich mit vor Schmerz verzerrtem Gesicht die Stirn. »Was machst du denn? Ist alles in Ordnung? Au, Volltreffer.«

Ich gucke genauer hin. »Das blutet aber nicht. Wieso stehst du auch vor dem Damenklo? Bist du bescheuert?«

Er hält seine Hand weiter an der Stirn. »Ich wollte gucken, was mit dir ist. Dir hätte ja auch schlecht sein können.«

»Das kann dir doch ganz egal sein, du bist doch nicht meine Mutter. Oder gibst du jetzt den Heiligen?«

»Sei doch nicht immer gleich so zickig. Ich habe dir doch gar nichts getan.«

»Ich bin nicht zickig. Willst du auch noch aufs Damenklo oder gehen wir wieder rein?«

In diesem Moment kommt mein Vater um die Ecke gebogen. Und ein paar Sekunden später ertönt der Halbzeitpfiff.

»Hallo Papa, ich bin nur früher rausgegangen, weil vor der Toilette in der Pause immer Schlangen stehen.«

»Alles klar. Ich hole mir eine Bratwurst. Wollt ihr auch? Julius, bist du gegen eine Wand gelaufen?«

»So ähnlich, ich komme gleich mit.«

Ich betrachte ihn unauffällig von der Seite, ihm wächst jetzt schon ein richtiges Horn. Das wollte ich eigentlich nicht.

Ellen, Max, Jana und Ann-Kathrin kommen uns langsam entgegen, bleiben plötzlich stehen und starren mit verzückten Mienen in unsere Richtung. Ich wundere mich, so toll sieht Julius mit seiner Beule auch nicht aus. Dann legt sich eine Hand auf meine Schulter und ich höre eine sehr bekannte Stimme: »Na, da sind meine beiden Handball-Cracks ja zusammen. Und? Gutes Spiel, oder?«

Ich drehe mich langsam zu Florian Hoffmann um. Julius, der neben mir steht, guckt erst mich und dann seinen Sportlehrer an. »Wieso Cracks? Hallo Herr Hoffmann.«

»Meine beiden Besten. Du bist der Spielmacher bei den Jungs und Paula ist …«

Jetzt fällt ihm anscheinend meine Mimik auf. »Oh, Paula, ich dachte, ihr seid befreundet. Hast du ihm nicht …?«

»Was?«

Julius hat einfach kein Gefühl dafür, wann man seinen Mund halten sollte. Ich aber. Ich sage überhaupt nichts.

»Was soll Paula? Herr Hoffmann?«

»Nichts weiter. Ach, hallo, gehört ihr zu Julius?«

Die anderen sind mittlerweile bei uns angekommen. Jana redet als Erste. »Hallo Herr Hoffmann. Nein, wir gehören zu Paula, wir kommen alle aus Mackelstedt. Können wir ein Autogramm haben? Mein Bruder bringt mich um, wenn ich ihm keins mitbringe.«

»Klar. Seid ihr auch alle Handballer? Paulas alte Truppe?«

Julius' Blicke bohren sich in mein Ohr. Ich gucke konzentriert dabei zu, wie Florian Hoffmann seinen Namen auf die Eintrittskarten schreibt, und ignoriere den Crack.

»Paula?«

Flo-ri-an-Hoff-mann, er hat auch noch eine sehr schöne Schrift.

»Paula! Welche alte Truppe?«

Julius spricht jetzt so laut und ich schweige so leise, dass mein Vater mich irritiert anguckt. Ich will keinen Aufstand machen und antworte sehr freundlich: »Du, wir haben in Mackelstedt so ein bisschen mit dem Ball rumgedaddelt. Nicht weiter wild.«

Florian Hoffmann hebt kurz den Kopf und sieht mich an. »Paula, jetzt ist gut. Nein, Julius, Paula spielt so gut, dass sie sofort zum HTV gehen kann, sie hätte in der nächsten Saison in der Schleswig-Holstein-Auswahl gespielt. Ich habe sie gebeten, das nicht sofort zu sagen, weil ich die anderen Mädchen nicht demotivieren wollte. Aber jetzt wollen wir zum Schulturnier. Und deshalb wird nun ernsthaft trainiert. So, bitte, ich hoffe, man kann die Schrift lesen. Kann ich euch eine Cola ausgeben?«

Mein Sportlehrer geht inmitten meiner alten Freundinnen zum Getränkestand, mir versperrt Julius den Weg. Er steht ziemlich dicht vor mir, zum ersten Mal fällt mir auf, dass er fast einen Kopf größer ist. Und dass er sehr grüne Augen hat.

»Tja, Landei.« Und dass er eigentlich auch eine ganz nette Stimme hat. »Ich habe mir gleich gedacht, dass wir uns ganz gut verstehen müssten. Wenn du nur nicht immer so zickig wärst.«

»Ich bin nicht …«

Er legt mir ganz kurz seinen Finger auf den Mund. »Pscht. Sonst verabrede ich mich mit deiner Freundin Jana.«

»Du bist ein eingebildeter Idiot.« Ich habe schon wieder so einen heißen Kopf.

Julius nickt. »Wir sind uns sehr ähnlich. Hast du Lust, morgen Nachmittag mit mir zu laufen? Ohne die Anfänger? Mal richtig Tempo?«

Das fehlt mir gerade noch. Und von der Cola vorhin kriege ich jetzt Herzklopfen.

»Schön. Freut mich. Wir treffen uns am Sportplatz, ich sage meiner Schwester nichts davon, und gleich fängt die zweite Halbzeit an. Jetzt brauchst du dich auch nicht mehr beherrschen, einfach mal aufspringen, wenn Tore fallen. Los, komm.«

Er nimmt kurz meine Hand, ich lasse schnell los, als wir an den anderen vorbeigehen. Das muss ja jetzt nicht sein. Ich drehe mich um und sehe Ellens Blick. Sie grinst und hebt den Daumen. Und mir ist immer noch warm.

Drei Monate später

»Vergiss es!«

Ich weiß nicht genau, warum ich auf der Stelle stehen bleibe. Nur so ein Gefühl. Melas Stimme klingt sauer und sie ist so laut, dass ich sie aus dem geöffneten Fenster der Umkleidekabine hören kann. Johanna antwortet ganz ruhig. »Wir können doch froh sein, dass sie das kann. Julius hat gesagt, wir hätten auf dem Schulturnier sogar eine Minichance.«

»Pah! Julius. Wer weiß, was sie alles kann. Dein Bruder hat sich sowieso total verändert, seit er mit ihr abhängt. Widerlich.«

Ich habe das dumpfe Gefühl, Mela meint mich. Wer ist denn noch dabei?

»Jetzt mach nicht so einen Alarm. Herr Hoffmann hat nur gesagt, dass du ganz gut als Kreisläufer wärst.«

Das war Lucies Stimme. Sofort wieder ihre Schwester: »Wie, Alarm? Er hat gesagt, ich soll am Kreis spielen, und wenn ich ihre Anspiele nicht fange, soll ich wenigstens einen Siebenmeter rausholen, weil sie die ja alle reinkriegt. Weil sie ja so toll ist.«

Das hat er gesagt?

»So hat er das doch gar nicht gesagt.«

Danke, Johanna.

»Was machst du denn da?«

Meine Tasche rutscht mir beim schnellen Umdrehen von der Schulter und knallt mit voller Wucht auf den Boden.

»Hallo Jette«, ich bücke mich sehr schnell und nehme die Tasche hoch, »ich wollte auf Frieda warten. Ähm, vor der Halle.«

»Klar.« Sie geht langsam an mir vorbei und deutet auf das Fenster der Umkleidekabine. »Praktisch, dass das gekippt ist, oder? Da kriegt man wenigstens was mit.«

Sie verschwindet durch die Hallentür, zehn Sekunden später knallt jemand das Fenster zu. Na toll, die lästern über mich ab und ich habe ein schlechtes Gewissen.

Beim Schultern der Tasche fühle ich irgendwas Feuchtes. Als ich meine Hand in mein Sportzeug schiebe, wird es auch noch klebrig. Mein Duschzeug. Zumindest riecht meine Tasche jetzt nach Zitrone.

Frieda erlöst mich aus der Überlegung, für immer hier stehen zu bleiben oder doch in die Höhle der Großstadtzicken zu gehen.

»Willst du nicht rein?«

»Sie reden über mich.«

»Ist doch nett.«

»Sie lästern.«

»Wer sagt das?«

Ich deute auf das Fenster. »Es stand offen, ich habe gehört, dass Mela irgendwie sauer ist.«

»Mela? Wieso das denn? Wegen Julius?«

»Wieso Julius?« Ich verstehe nur Bahnhof.

Frieda nimmt ihre Brille zum Putzen ab. Ihre Sportbrille ist noch hässlicher als die normale. Ich muss mit ihr über Kontaktlinsen sprechen. Im Moment guckt sie mich mit ihren schönen kurzsichtigen Augen an und sagt: »Sie ist eifersüchtig. Mela war doch ganz lange in Julius verknallt. Und jetzt ist er doch dein Freund, oder?«

»Mela? In …« Ich bin platt. Das habe ich überhaupt nicht mitgekriegt. Ich weiß gar nicht, was ich sagen soll. »Na ja, wir treffen uns ab und zu.«

Es ist mir irgendwie peinlich, ausgerechnet Frieda etwas von Julius und mir zu erzählen. Dass ich immer Herzklopfen habe, wenn ich an ihn denke, und dass wir uns zum Laufen treffen, und dass ich ihm schon zweimal beim Handball zugeguckt habe, und dass wir uns schon …

»Wartet ihr auf mich?« Florian Hoffmann kommt mit langen Schritten die Treppe hoch. »Die Halle ist doch offen, ist noch keiner da?«

»Doch, aber wir …«

»Also, los, geht alles von der Zeit ab, zack, zack.«

Wir folgen ihm, biegen an den Umkleidekabinen ab und öffnen die Tür. Nur noch Mela und Jette sitzen auf der Bank, sie hören sofort auf zu reden. Entweder hat Frieda keine Antennen oder es ist ihr egal, sie ruft ein fröhliches »Hi«, in den Raum, hängt ihre Jacke an den Haken, lässt sich auf die Bank fallen und schnürt ihre Schuhe auf.

»Komm, Jette, einige von uns scheinen ja weniger Training zu brauchen.« Mela knallt die Tür lauter als nötig hinter sich zu.

Komisch, dass Jette nicht auch noch ihren Senf dazugibt, sonst lässt sie sich solch eine Gelegenheit doch nicht entgehen. Ich ziehe einen schmierigen Turnschuh aus der Tasche. Zitrone. Und wie!

Die Tür fliegt wieder auf, Johanna steckt ihren Kopf um die Ecke. »Herr Hoffmann will wissen, wo ihr bleibt. Wir wollen anfangen.«

»Ja doch.« Frieda stopft sich hastig ihr T-Shirt in die Trainingshose. »Fertig. Los, Paula.«

Ich rutsche mit meinem Fuß in den schmierigen Schuh. »Uäh, mein ganzes Duschzeug ist ausgelaufen.«

»Ich leih dir meins.« Frieda verschwindet durch die Tür, während ich versuche, aus glitschigen Schnürbändern eine Schleife zu binden. Johanna wippt ungeduldig auf den Fußspitzen, wartet aber trotzdem. »Hast du echt gelauscht?«

Ich stehe vorsichtig auf und gehe zwei Schritte. Meine Schuhe machen saugende Geräusche. »Wenn ihr so laut bei offenem Fenster lästert, kann ich ja nichts machen. Ich bin ja nicht taub.«

»Wir haben nicht gelästert. Mela ist nur etwas angesäuert. Sie will nicht am Kreis spielen.«

»Blödsinn. Mela kann mich nicht ab. Und Jette auch nicht. Das geht doch gar nicht um die Aufstellung.«

Johanna zieht ihr Haargummi fester und sieht mich dabei verlegen an. »Das ist doch egal. Sie ist ein bisschen komisch. Du spielst viel besser als wir. Und jetzt hast du ihr auch noch meinen Bruder weggeschnappt.«

»Das habe ich doch gar ...«

Ein durchdringender Pfiff schrillt durch den Hallengang, dann Florian Hoffmanns Stimme:

»Sagt mal, braucht ihr eine Extraeinladung? Jetzt mal Tempo, das Warmmachen gilt für alle!«

Eine Stunde später liege ich schwer atmend auf dem Rücken und strecke meine Beine in die Luft. Meine linke Hacke und mein rechter kleiner Zeh pochen, die Schuhe waren innen so schmierig, dass ich mir damit Blasen gelaufen habe.

Florian Hoffmann geht langsam im Kreis um uns herum. »Und ausschütteln. Was riecht denn hier so nach Kloreiniger? Irgendwie Zitrone. Das ist ja grauenhaft.«

Unauffällig lasse ich meine Beine sinken, ich versuche es zumindest.

»Paula, ich habe noch nichts von Aufhören gesagt. Beine hoch und anziehen, langsam entspannen, gut so.«

Mela kichert höhnisch hinter mir, überrascht höre ich, wie Lucie sie anzischt. »Hör auf damit.«

Als wir wieder sitzen und Florian Hoffmann mit dem theoretischen Teil weitermacht, drehe ich mich um. Mela guckt mich giftig an, ich erwidere den Blick vorsichtshalber. Lucie und Jette neben ihr sehen zu Florian Hoffmann. Auch die anderen hören ihm zu. Ich wende mich wieder zurück und fange einen warnenden Blick von meinem Sportlehrer auf.

»Sind jetzt alle bei der Sache? Vielen Dank. Also, das Kreuzen vor der Verteidigung ist eigentlich eine ganz einfache Sache. Hier läuft Kathi los, spielt den Ball auf Marie, die läuft hier lang und spielt Paula an. Die macht einen Sprungwurf und …«

Mela gähnt demonstrativ und bringt damit Herrn Hoffmann kurz aus dem Konzept. Er zieht die Augenbrauen hoch und mustert uns. »… und dann gibt es auch noch die Variante, bei der Paula den Ball an den Kreisläufer, zum Beispiel an Mela, abspielt, die sich dann blitzschnell dreht und das Tor macht. Das ist alles eine Frage des Zusammenspiels, und um das hinzukriegen, bleiben uns noch genau vier Wochen Zeit. Wir wollen uns auf dem Schulturnier ja nicht total blamieren. Also los. Wir üben Kreuzen, Jette, du gehst ins Tor, in die erste Gruppe bitte Lucie, Johanna und Frieda, der Rest stellt sich in die Verteidigung und Mela, dich hätte ich gern am Kreis.«

Der erste Versuch misslingt komplett, Johanna weiß nicht, wie sie Lucie anspielen soll, und Frieda bleibt kopfschüttelnd stehen. Beim zweiten Versuch rennen Johanna und Lucie ungebremst zusammen, beim dritten steht Mela im Weg. Beim vierten Mal läuft niemand los, dafür fangen Kathi und Marie an zu lachen. Schließlich klatscht Frieda in die Hände. »Nein, nein, nein. Noch mal von vorn. Johanna, du läufst hier, Lucie, du kommst von da, und ich bin hier. Und Mela da.« Sie geht mit langen Schritten die Wege ab und fuchtelt wild dabei mit den Armen. Sie hat richtig abgenommen, ihre Sportklamotten schlackern. »Und dann …«

Plötzlich guckt sie erschrocken zu Florian Hoffmann, der kein Wort gesagt hat. »Oh, Entschuldigung. Aber das ist doch gar nicht so schwer.«

»Nein, Frieda, du hast es besser erklärt als ich. Sehr gut. Also, Mädels, neues Glück.«

Nach gefühlten dreihundert Mal Kreuzen lasse ich mich neben Kathi auf die Bank sinken. Die erste Gruppe übt jetzt ohne Abwehr, wir haben Pause. Sie wirft mir einen kurzen Blick zu. »Genervt?«

»Nein«, ich bewege vorsichtig meine verklebten Zehen. »Mir tun die Füße weh. Und so brüllend spannend sind diese Wiederholungen ja auch nicht.«

»Ich meinte eigentlich, ob du genervt vom Zickenkrieg bist.«

Ich stelle mich dumm. »Welcher Zickenkrieg? Wovon sprichst du?«

Sie grinst. »Das ist doch wahre Größe, ignoriere es. Mela giftet rum, es geht aber wohl mehr um ihr Liebesleben als um die Handball-AG. Ich habe ihr gesagt, dass ich kein Bock darauf habe, ich will zum Schulturnier, sie soll sich zusammenreißen.«

Anscheinend habe nur ich nichts mitbekommen. »Ich kann mich anstrengen, wie ich will, sie können mich nicht leiden.«

Kathi beobachtet Jette im Tor, die mit hochrotem Kopf um jeden Ball kämpft und auch die meisten hält. »Wieso sie? Es ist nur Mela, du solltest das mir ihr klären. Jette und Lucie halten sich da raus. Die wollen spielen. Und die wissen auch, dass wir auf dem Turnier nur Chancen haben, wenn du in Form bist. Also, hau rein.«

Wir stehen auf, als Florian Hoffmann uns ein Zeichen gibt, und stellen uns in Position. Kathi dribbelt den Ball in die richtige Richtung, Marie fängt sicher ihren Pass, wir laufen gleichzeitig los, Marie spielt mich wunderbar an, zwei Schritte Anlauf, Sprung, volle Kraft aufs Tor und … Jette hält. Sitzt fast im Spagat auf dem Boden, den Ball unter sich begraben, und lächelt mich an. Stolz, nicht triumphierend, einfach nur stolz.

Und in diesem Moment kann ich Jette irgendwie gut leiden. Bis sie dann Mela zugrinst, die wie verrückt applaudiert und mich schadenfroh anguckt. Sie sind und bleiben Zicken.

Herzklopfen

Als ich in Friedas Zimmer komme, fällt mir als Erstes das gerahmte Bild auf, das über ihrem Schreibtisch hängt: Florian Hoffmann in voller Aktion in Farbe und DIN-A1. Sie folgt meinem Blick und erklärt: »Göppingen gegen Lemgo, September 2005, er hat elf Tore geworfen.«

»Wo hast du das denn her?«

Umständlich stellt sie zwei Gläser und eine Saftflasche auf den Tisch. »Bei ebay ersteigert, für vier Euro. Mein Vater hat mir den Rahmen geschenkt.«

Sie deutet meinen Gesichtsausdruck falsch. »Was du jetzt denkst! Das Bild motiviert mich, allein schon im Hintergrund die ganzen Zuschauer, da hört man doch richtig den Lärm in der Halle. Stell dir vor, wie toll das ist, vor Zuschauern zu spielen, also natürlich nur, wenn man das richtig kann. Und was das für ein irres Gefühl sein muss, wenn man dann noch elf Tore wirft und das Spiel gewinnt.« Voller Hingabe betrachtet sie das Poster.

Ich räuspere mich. »Aber du bist nicht in ihn verknallt?«

»Ach, Paula, du fängst schon genauso an wie Mela,

Lucie und Jette, es geht immer nur um Liebe, ich finde das echt nervig. Jetzt komm, lass uns mit dem Referat anfangen, sonst werden wir heute nicht fertig.« Ungeduldig knallt sie die Bücher auf den Tisch und setzt sich so hin, dass sie das Bild im Rücken hat.

Eine Stunde und fünf Seiten später klingelt das Telefon. Friedas Mutter brüllt »Frieda, es ist für dich!«, und ich warte, bis Frieda wieder zurückkommt.

»Das war Jette.«

»Und?«

»Sie wissen nicht, wie sie weitermachen sollen.«

»Mit wem schreibt sie denn zusammen?«

»Mit Mela.«

Jetzt erst sehe ich, dass Frieda komisch guckt. »Was ist?«

Sie winkt ab und setzt sich wieder. »Egal.«

»Nein, komm, sag doch mal.«

»Ach, ich habe gesagt, dass sie ja vorbeikommen können, weißt du, Jette muss unbedingt eine Zwei im Referat kriegen, sie hat doch die erste Geschichtsarbeit so verhauen. Ich kann ihr ja helfen. Aber Mela hat gefragt, ob du auch hier wärst, und dass sie dann nicht kommen will. Und jetzt ist Jette genervt und Mela heult. Und ich habe irgendwie die Schuld.«

Ich werde sauer. »Was ist denn das für ein Kindergarten? Ich habe Mela überhaupt nichts getan, Jette und Lucie auch nicht, die machen einen Stress, ich kapiere das nicht. Worum geht es denn eigentlich? Nur weil ich in Mackelstedt schon Handball gespielt habe?«

Frieda guckt irritiert hoch. »Sag mal, hast du überhaupt nichts mitgekriegt? Mela ist schon ganz lange in Julius verknallt, seit dem letzten Schulfest, das war im März. Sie war mit ihm auch ein paar Mal im Kino und sogar einmal in der Sporthalle, als er gespielt hat. Sie wollte sogar in den Verein eintreten, die haben da ja dringend Spielerinnen gesucht, auch Anfänger, hat sie gesagt, aber Julius meinte, er findet das albern. Mit Lucie hat Mela sich dann auch noch gestritten. Mela hat dauernd angefangen, vom Handball und von Julius zu reden, Lucie fand das bescheuert, und zack, gab es wieder Stress. Und dann hat Jette so lange Sprüche gemacht, bis Mela wieder normal war. Also, kein Handball, kein Julius, der hatte sowieso nie Zeit für sie. Und ein knappes Jahr später geht die Handball-AG los, Julius trainiert mit Mela, Jette und Lucie finden das auch plötzlich klasse und alles ist gut. Und dann kreuzt du auf. Kannst du es dir jetzt vorstellen?«

»Ja, blöd. Aber da kann ich nichts für.«

Frieda seufzt und stützt ihr Kinn auf die Faust. »Nein. Nur, dass du schon Handball spielen kannst, Julius das auf einmal super findet, er jetzt dein Freund ist und Mela deshalb Liebeskummer hat. Und alles ist so kompliziert. Nur wegen der Liebe.«

Die Schlange vor dem Postschalter ist natürlich ellenlang, ich könnte einen Anfall kriegen. Ganz klasse, gerade als eine SMS von Julius kommt, der sich mit mir vor Karstadt treffen will, fällt meiner Mutter ein, dass das Paket für Tante Ilse wegmuss. Und zwar heute noch.

»Mach nicht so ein Gesicht, du gehst jetzt bitte zur Post, keine Diskussionen.«

Toll, Julius kann nur eine Stunde, dann hat er Training, und jetzt ist es schon gleich halb. Und vor mir sind noch ungefähr zehn Leute mit tonnenweise Paketen. Und mein Akku vom Handy ist leer, es hat sich gerade mit lautem Piep verabschiedet, also wartet Julius umsonst auf mich, wird sauer und ...

Plötzlich ist da Mela. Sie steht ganz vorn, die dicke Frau hinter ihr bückt sich gerade, ich konnte sie vorher nicht sehen. Einatmen, ausatmen, irgendwie macht mich das nervös.

Mela ist jetzt dran, sie bezahlt irgendwas und kommt mir entgegen. Verlangsamt ihre Schritte, als sie mich sieht.

»Hallo Mela.«

Sie ist ganz blass und sieht irgendwie verheult aus. Trotzdem geht es giftig. »Ach nee, heute nicht beim Training?«

Freundlich bleiben! »Du, ich trainiere nur in der AG. Und die ist morgen. Das weißt du doch.«

»Was weiß ich, was du noch alles trainierst.« Sie geht einfach weiter.

Ich bin mir sicher, sie hat noch blöde Ziege gesagt. Die vierte Frau hinter mir guckt sie ganz entsetzt an. Ich auch, ich weiß ja nicht, was diesen Großstadtzicken im Zorn alles einfällt. Ich hoffe, sie lauert mir nicht auf. Ich muss doch Julius treffen.

Abgehetzt komme ich um kurz nach fünf bei Karstadt an, keine Spur von Julius. Danke, Tante Ilse. Ich habe nur zwei Euro in der Tasche, der Rest vom Porto, dafür kann ich mir ja wenigstens ein Eis kaufen.

»Ich möchte eine Kugel Pistazie und …«

»Falls du deinen Typen suchst, der ist gerade mit Mela in Richtung U-Bahn gegangen.«

Jette ist wieder aufgestylt, Glitzerspangen, superkurzer Mini und rote Stiefel.

»Und eine Kugel Nuss. Hallo Jette, ich suche keinen Typen.« Cool gucken, Eis hilft.

»Nein?« Sie kann es ohne Eis. »Ich meine ja nur. Na denn, viel Spaß beim Eis, mindestens 400 Kalorien.«

Beim Umdrehen muss ich einer Frau im hellen Mantel ausweichen, die Waffel rutscht mir aus der Hand, das Eis klatscht auf Jettes roten Stiefel. Grün auf rot. Der Rest läuft an meiner Jeans runter.

Langsam hebt Jette den Fuß und starrt mich an. »Vielleicht sind es auch nur 200 Kalorien. Ich werde Frieda fragen. Hast du ein Tempo?«

Wie gelähmt beobachte ich das grüne Pistazienrinnsal auf den bestimmt teuren Stiefeln.

»Ob du ein Tempo hast?«

»Ähm, ja«, hektisch durchwühle ich meinen Rucksack und finde etwas, »hier, bitte.«

Stumm wischt sie über den Stiefel, jetzt ist aus dem Grün ein feuchtes Rot geworden. »Besser wird es auch nicht, na, egal. Was machst du jetzt?«

Will sie mich gleich in Ruhe verprügeln oder warum fragt sie?

»Ich … ich weiß nicht. Wieso?«

Jette deutet auf das Café, in dem ich mir gerade die Pistazienkatastrophe gekauft habe. »Wir könnten da ein Eis essen gehen. Du musst das ja nicht gleich wieder wegwerfen.«

Ich mit Jette? Im Café? Aber da sind wenigstens Zeugen. Trotzdem.

»Ich … ich habe gar kein Geld mehr mit.«

»Ich lade dich ein.«

Sie zahlt, dafür muss ich ihr bestimmt versprechen, mit der Handball-AG aufzuhören oder nie mehr mit Julius zu sprechen. Von wegen!

»Och nö, eigentlich habe ich auch gar keine Zeit. Danke, bis morgen.«

Jette guckt mich komisch an. Mehr enttäuscht als giftig. Aber das bilde ich mir vermutlich nur ein.

Zu Hause lade ich sofort meinen Akku auf und sehe, dass Julius mir drei SMS geschrieben hat.

»Ich bin schon bei Karstadt, wo bist du?«

»Kurz vor fünf, muss gleich los!«

»Grüße aus der Halle, rufe dich nach dem Training an!«

Super, darauf muss ich jetzt noch über eine Stunde

warten. Nur wegen Tante Ilse. Ich lege mich auf mein Bett, mache Musik an und die Augen zu.

»Falls du deinen Typen suchst, der ist gerade mit Mela in Richtung U-Bahn gegangen.«

Plötzlich fällt mir der Satz wieder ein, über den ich noch gar nicht richtig nachgedacht habe. Wieso ist Julius mit Mela zum Training gegangen? Oder hat sie ihn nur hingebracht? Was will sie denn in der Halle? Und wieso hat Julius nichts davon gesagt? Genau, Jette wollte mich nur einladen, damit Mela freie Bahn hat, es hätte ja sein können, dass ich auch in die Halle gehe und die beiden dann treffe. Es war alles Absicht. Mir wird ganz komisch im Bauch.

Frieda hat echt recht, es ist alles so furchtbar kompliziert, nur wegen der Liebe. Wieso heule ich denn jetzt? Julius ist doch ein Idiot. Und ich hasse Hamburg und die blöden Großstadtzicken.

»Paula, Telefon, Julius!«

Ich springe hoch und wische mir über die Augen, ich bin total verrotzt. Ich will gar nicht mit dem Blödmann telefonieren, wer weiß, was der mir alles erzählt. Und hinterher lacht er sich mit Mela und Jette kaputt.

»Paula!«

»Ja.« Vor lauter Tränen im Hals kann ich noch nicht mal rufen. Ich schlucke drei Mal und gehe die Treppe runter. Das Telefon liegt im Flur, ich nehme es mit auf mein Zimmer und mache die Tür hinter mir zu. Luft holen. Cool bleiben.

»Paula Hansen.«

Pause.

»Hallo?«

»Ja, hier ist Julius. Hallo Paula, ist was passiert?«

»Ach, du bist es. Wieso?«

Der soll nicht merken, wie es mir geht.

»Du klingst so komisch.«

»Quatsch. Wie war dein Training?«

»Gut. Wo warst du denn um fünf? Ich dachte, wir wollten uns bei Karstadt treffen?«

»Ach ja, habe ich vergessen.«

Mir kommen schon wieder die Tränen. Ich finde seine Stimme so toll.

»Wie vergessen? Ich habe eine halbe Stunde gewartet, dann musste ich los.«

Jetzt traue ich mich. »Warst du alleine da?«

»Ja, klar. Du bist ja nicht gekommen. Auf dem Weg zur Halle habe ich Mela getroffen, die hatte dich auch nicht gesehen.«

Herzklopfen.

»Hast du sie gefragt?«

Er klingt ganz verblüfft. »Ja, sicher. Aber ich konnte nicht länger warten.«

»Sie hat mich aber gesehen, in der Post. Um halb fünf oder so.«

»Sie hat Nein gesagt. Na ja, ist ja egal. Ich fand es nur schade, dass du nicht gekommen bist.«

Wieder Tränen. Diese blöde Kuh.

»Ja.«

»Sag mal, Paula, heulst du?«

Atmen. Eins, zwei, drei …

»Quatsch. Erkältet. Was wollte Mela in der Halle?«

Julius lacht leise. »Sie hat sich ein Aufnahmeformular für die Handball-B-Jugend geholt. Sie will in den Verein. Florian Hoffmann bringt wohl alle total durcheinander. Erst Jette, dann meine Schwester, jetzt Mela und sogar die dicke Frieda, auf einmal werden alle sportlich.«

»Frieda ist gar nicht mehr so dick.«

»Nein? Ich gucke sie nicht so genau an. Ich bin ja schon froh, dass du nicht nur wegen Hoffmann Handball spielst.«

Herzklopfen.

»Die anderen auch nicht. Also Mela zum Beispiel ist nicht in ihn verliebt.«

Jetzt lacht er laut. »Nein. Natürlich nicht. Hör doch auf, warum hängt sie sich denn sonst so rein? Klar ist sie verknallt.«

»Ja, aber nicht in …«

»Paula! Telefonierst du immer noch?«

»Brüllt da deine Mutter?«

»Ja. Ich muss Schluss machen.«

»Warte mal, können wir uns morgen Nachmittag treffen? Bitte.«

So fühlt es sich an, wenn man von innen schmilzt.

»Paula!«

»Was ist jetzt? Morgen um drei? Wieder bei Karstadt? Ich soll mir eine neue Jacke kaufen, du musst mir beim Aussuchen helfen.«

»Okay, dann um drei.«

»Ich freue mich.«

Ich bin innen ganz wackelig und außen ganz rot.

Das Leben ist schön. Und Mela und Jette können mich mal.

Hey Paula,
das ist ja ein Scheiß mit dieser komischen Mela. Wahrscheinlich musst du doch mal mit ihr reden, das ist doch völlig bescheuert, wenn sie da so rumzickt. Die versaut euch ja auch die ganze Handball-AG. Und Jette und Lucie sind bestimmt auf ihrer Seite. Und dein Julius checkt das nicht, das ist bei allen Jungs gleich. Vanessa hat Max wochenlang angemacht, das hat Max überhaupt nicht gemerkt. Und Jana baggert Hannes Bruhn dermaßen an, dass es schon peinlich ist. Aber Hannes kapiert das nicht. Das ist doch ein Witz! Ich glaube, Jungs sind so. Mach dir nichts draus. Aber du kannst es Julius ja mal sagen, dann soll er doch mit ihr sprechen. Oder Frieda. Du kriegst das schon hin, Kopf hoch! Küssi, Hdl, Ellen

Zickenkrieg

Verschwitzt und mit roten Köpfen sitzen wir nach dem Training auf zwei Bänken. Florian Hoffmann geht vor uns auf und ab, während er redet. »Wir müssen uns noch darüber unterhalten, wer nun auf welcher Position spielt und wer Mannschaftskapitän wird.«

Marie steht ächzend auf und geht zum Wasserkasten. »Ich kann noch gar nicht reden.«

»Komm, Marie, stell dich nicht an, du hast gerade zwei sensationelle Tore geworfen!«

Sie bückt sich und hangelt eine Flasche heraus. »Dafür bin ich auch auf den Hintern geknallt. Sie hätten dafür einen Siebenmeter pfeifen müssen.«

Florian Hoffmann grinst. »Das war keiner, du bist aus Erschöpfung hingefallen. Außerdem wird über Schiedsrichterentscheidungen nicht diskutiert. Ich habe euch hier meine Lieblingsaufstellung aufgemalt. So möchte ich auf dem Turnier spielen. Also:

Fangen wir rechts außen an, da steht Marie, du bist dermaßen schnell und Linkshänderin, ideale Besetzung. Daneben halb rechts Johanna. In der Mitte Paula, das ist klar, daneben halb links Kathi, du kannst mit deiner Größe da richtig viel machen, links außen Lucie und Mela am Kreis. Mela, du hast übrigens in den letzten Wochen enorme Fortschritte gemacht, das ist auch das B-Jugend-Training, oder?«

Mela nickt stolz. »Ich spiele da auch am Kreis.«

»Sehr gut, dann muss nur noch das Zusammenspiel mit dir und Paula klappen, in jeder Hinsicht, nicht wahr?« Florian Hoffmann sieht sie vielsagend an.

Mela schweigt, ich werde rot und ärgere mich sofort darüber. »Aber ich ...«

»Paula, das klärt ihr bitte untereinander, nicht hier in der Runde, ihr seid alt genug. Zurück zur Aufstellung: Jette natürlich ins Tor. Und dann haben wir Frieda, dazu noch Ulli und Anne aus der Parallelklasse als Auswechselspieler. Drei Ersatzspieler reichen dicke. Zweiter Punkt: Mannschaftskapitän. Also, Vorschläge?«

Kathi sieht an unserer Reihe entlang, setzt sich gerade hin und sagt: »Ich stimme für Paula.«

Mela stöhnt auf und antwortet sofort. »Jette. Auf jeden Fall Jette. Paula nicht.«

Florian Hoffmann mustert erst sie, dann mich. »Andere Vorschläge?«

Ich muss antworten, drehe mich dabei nicht um. Den Gefallen tue ich der Zicke Mela nicht. »Kathi. Auf sie hören alle.«

»Jette, wen schlägst du vor?«

Die Antwort kommt prompt. »Ich bin auch für Paula. Sie kann es am besten.«

Ist das jetzt ironisch? Florian Hoffmann kommentiert es nicht, fragt stattdessen weiter:

»Marie? Hast du noch jemanden?«

»Kathi ist ja schon Klassensprecherin, vielleicht hat sie gar keine Lust. Oder? Kathi?«

»Mir ist es egal. Aber ich bin trotzdem für Paula.«

»Gut. Dann mache ich als Trainer einen Vorschlag: Frieda.«

»Was?« Vor lauter Überraschung fällt sie fast von der Bank. »Ich? Aber ich bin doch noch nicht mal in der ersten Aufstellung.«

»Alle Spieler sind gleich wichtig. Wenn eine ausfällt, musst du sofort ran. Du bist vielleicht nicht die Schnellste, aber du hast jede Taktik begriffen, hast von allen am meisten dazugelernt und ich glaube, du bist ein richtig guter Kapitän. Wer ist für Frieda? Arme hoch!«

Mit feuerrotem Kopf sieht sie alle Arme hochgehen.

»Nimmst du die Wahl an?«

Frieda steht auf und jetzt kann man deutlich sehen, dass sie gar nicht mehr dick ist. Vielleicht pummelig, aber auf keinen Fall dick. Strahlend verbeugt sie sich: »Vielen Dank. Sehr gerne.«

Meine Mutter nimmt mich mit, als sie Anton von seinem Fußballtraining abholt. Ich darf in der Halle bleiben und Julius noch beim Training zuschauen. Während ich auf der Tribüne sitze, bekomme ich jedes Mal weiche Knie, wenn Julius zu mir hochguckt. Er ist der beste Spieler und ich muss mich beherrschen, um nicht mit dem Finger auf ihn zu zeigen und zu brüllen: »Guckt alle mal, der irre Typ da unten ist MEIN FREUND!!!«

Aber ich beherrsche mich, Jungs sind ja doch anders und wahrscheinlich würde er es peinlich finden. Wäre es wohl auch.

Trotzdem wirft er mir unauffällig eine Kusshand zu, bevor er nach dem Training in der Umkleidekabine verschwindet. Ich platze fast vor Stolz.

Ich warte unten auf ihn und stehe plötzlich vor der Pinnwand. Der Zettel, auf dem stand, dass die Mädchenmannschaft noch Nachwuchsspieler sucht, ist verschwunden. Klar, Mela ist ja eingetreten und hat auch noch Lucie überredet. Jetzt spielen beide im Verein und ich kann den Gedanken daran einfach mal vergessen.

»Was überlegst du gerade? Falls du doch in den HTV eintreten willst, halte ich das für eine super Idee.« Julius steht plötzlich neben mir.

»Das wird wohl nichts. Mir reicht der Zickenkrieg schon in der Handball-AG, den muss ich nicht auch noch im Verein haben.«

»Was für ein Zickenkrieg?«

Wieso merken Jungs nichts?

»Mela, Lucie und Jette hassen mich. Wegen Mackelstedt, deinetwegen, weil ich neu bin, weil ich das mit dem Handball nicht erzählt habe, weil, ach, es ist alles so kompliziert.«

Jetzt habe ich auch noch so eine weinerliche Stimme, es ist grauenhaft. Julius beugt sich zu mir und schiebt meine Haare aus dem Gesicht. »Jette hat mir gesagt, dass *du* sie nicht leiden kannst. Ich habe ihr vorgeschlagen, mit dir noch extra Torwarttraining zu machen, sie hat gesagt, du würdest noch nicht mal mit ihr Eis essen gehen.«

Ach du Schande.

»Das war ganz anders. Von Torwarttraining weiß ich gar nichts.«

Julius schiebt mich raus und schließt sein Fahrrad auf.

»Wie auch immer, ich finde, ihr macht da einen ganz schönen Stress. Wie im Kindergarten.«

Wir gehen schweigend nach Hause. Auch wenn Julius meine Hand hält.

Als ich ins Wohnzimmer komme, sieht meine Mutter kurz von ihrem Buch hoch und sagt: »Frieda hat angerufen, du sollst unbedingt heute noch zurückrufen.«

Sie ist sofort am Telefon.

»Ich bin es, Paula.«

»Hör mal, wir treffen uns morgen Nachmittag bei Jette.«

»Warum?«

»Weil ich Mannschaftskapitän bin und es so will.«

Sie sagt es so freundlich, dass mir kein Gegenargument einfällt.

»O. k.«

»Um 14 Uhr. Bis morgen. Tschüss.«

Weil ich mir nicht sicher bin, dass ich Jettes Adresse sofort finde, hat meine Mutter mich hingefahren. Und weil es mir peinlich ist, gebracht zu werden, hat sie mich an der Ecke rausgelassen. Deshalb bin ich eine halbe Stunde zu früh. Dass Jettes Eltern Kohle haben, ist mir schon klar, dass sie *so* wohnen, nicht. Eine Riesenvilla mit Riesengarten und Riesenautos davor. Meine Güte. Ich starre zu den Fenstern hoch und falle fast tot um, als plötzlich die Gardine zurückgezogen wird und Jette dahinter winkt. Peinlich, ich glotze wie ein Idiot in fremde Häuser.

Die Haustür öffnet sich, ich muss jetzt hingehen. Jette lehnt an der Tür und wartet, bis ich vor ihr stehe. »Du bist zu früh, wir wollten uns um halb drei treffen.«

»Um zwei.«

»Nein, egal, komm rein.«

Natürlich hat sie kein normales Zimmer, sondern bewohnt einen Raum, der größer ist als unser Wohnzimmer. Von meinem Zimmer will ich gar nicht sprechen. Ich lasse mich auf ein Wahnsinnssofa fallen und sehe mich um. »Nett.«

Jette sieht mich unsicher an.

»Nein, wirklich. Nicht schlecht. Wieso guckst du so komisch?«

Sie hat eine normale Jeans und ein schwarzes T-Shirt an, die Haare offen, keine Schminke.

»Du sagst das so abfällig.«

»Nein, ich ...« Irgendwie wird das immer komplizierter. Ich bin so angestrengt vom dauernden Coolsein, dass ich schon gar nicht mehr weiß, wie man sich normal unterhält. »Das ist schön. Dein Zimmer, meine ich.«

Jette lässt sich auf einen Sessel sinken und streckt ihre Beine aus. »Du kannst mich nicht leiden, oder?«

Was sage ich denn jetzt? »Wie?«

»Du guckst mich immer so von oben herab an.«

»Ich? Dich?«

Das glaube ich ja wohl nicht. Und ich muss dringend zur Toilette. Klar, mitten in so einem Gespräch. Aber es geht keine drei Minuten mehr gut.

»Wo ist denn euer Klo?«

»Hier raus, im Flur, zweite Tür links.«

Es sieht aus wie in einer Kosmetikabteilung. Die Wände voller Regale, zugestellt von ungefähr einer Million Tuben und Flaschen. Kein Wunder, dass Jette immer so aussieht, das muss ja auch alles verbraucht werden. In Griffweite vom Klo steht ein eigenartiges Teil aus Chrom, keine Ahnung, was das sein soll. Ich versuche, es umzudrehen, dabei kommt es ins Kippeln und rutscht mir entgegen. Aha, ein Kosmetiktuchspender, leider stürzt er so unglücklich ab, dass sich mindestens zehn Meter Tücher zu meinen Füßen entladen. Und leider habe ich vorher nicht gesehen, wie man die wieder in das Ding zurückstopfen kann.

»Jette? Wo bist … ach da. Wie siehst du denn aus? Das ist ja furchtbar.«

Die Stimme kenne ich nicht, kann ich im Moment auch nicht kennenlernen, weil ich hier zu tun habe. Vier Tücher sind schon wieder zurück.

»Hi, Silvia. Was ist?«

Silvia? Das ist bestimmt die Schwester. Fünf, sechs, sieben, acht.

»Ich brauche meine Mappen, die müssen hier irgendwo liegen. Sag mal, stimmt das? Du musst in der Schule jetzt *Handball* spielen? Ich würde mich weigern.«

Ich stopfe etwas langsamer, es fühlt sich schon voll an, der Haufen ist aber noch nicht viel kleiner geworden.

»Ich *will* Handball spielen. Ich bin Torwart.«

Silvia lacht. »Ach du Schande, das wird ja immer schlimmer. Machst du das aus Protest?«

Wie ist die denn drauf? Der Schlitz, aus dem die Tücher kommen sollen, ist jetzt völlig verstopft. Ich arbeite mit einer Nagelfeile nach.

»Kümmere dich doch um deinen eigenen Kram und lass mich in Ruhe.«

Zack! Jette knallt eine Tür zu und schnelle Schritte

klacken über den Flur. Die Nagelfeile ist jetzt auch noch abgerutscht und liegt im Spender, zwei Tücher passen noch rein, den Rest spüle ich ins Klo. Geht doch. Man kann gar nichts sehen. Man darf nur nicht an einem Tuch ziehen.

Wir öffnen gleichzeitig die Türen. Silvia sieht wirklich so aus, wie Johanna sie beschrieben hat. Groß, dünn, lange rote Haare und unglaublich arrogant.

»Wer bist du denn?«

»Paula.«

»Bist *du* eine Freundin von Jette?«

»Wir gehen in eine Klasse.«

»Ach so. Ich dachte schon. Dann mal viel Spaß mit den Schularbeiten.«

Blöde Tusse. Bevor ich die Tür zu Jettes Zimmer öffne, sehe ich ihr kurz hinterher. Hoffentlich braucht sie nachher ein Kosmetiktuch.

»Deine Schwester?«

»Ja, leider.« Jette sitzt an ihrem Schreibtisch und sieht total schlecht gelaunt aus. »Sie hat in ihrem Internat höchstens mal Tennis gespielt. Hat aber immer aufgehört, wenn ihr warm wurde. Sie könnte ja verschwitzt sein.«

So viel anders war Jette am Anfang ja auch nicht. Sie kann Gedanken lesen.

»Man muss immer gut aussehen, egal was man macht. Das hat meine Mutter uns beigebracht. Sie ist

Modejournalistin, für sie ist das superwichtig. Und meine Schwester kann sowieso alles. Das beste Abi, dann ein Jahr Amerika, ein halbes Jahr Frankreich, spricht vier Sprachen, sieht toll aus und studiert jetzt Modedesign. Sie ist eben die Beste, da kann ich machen, was ich will.«

Was soll man darauf antworten? Am besten gar nichts. Muss ich auch nicht. Jette ist noch nicht fertig.

»Du hast Glück, dass du keine älteren Geschwister hast. Egal, was ich angefangen habe, Musik, Malen, Klavier, alles konnte Silvia schon und alles konnte sie besser. Aber sie hat keine Ahnung vom Handball und schon gar keine vom Torwarttraining. Endlich mal!«

»Und deswegen hast du mitgemacht?«

»Auch. Aber jetzt macht es mir richtig Spaß, auch wenn meine Mutter und meine Schwester fast die Krise kriegen.«

»Ich fand dich am Anfang affig. Als du meinen Tintenroller zertreten hast und dich so arrogant benommen hast.«

»Ich, arrogant? Paula, du müsstest mal *deinen* Blick sehen, wenn du irgendetwas blöd findest. Da hat man überhaupt keine Chance.«

Komisch, das hat Ellen auch schon mal zu mir gesagt. Ich schieße Pfeile aus den Augen. Dabei will ich das gar nicht. Ich halte mich immer für so nett.

»Na ja«, besser, ich ändere an dieser Stelle das Thema, »ich finde dich ja gar nicht mehr affig. Und außerdem bist du echt ein toller Torwart. Und ...«

Die Klingel unterbricht mich, Frieda ist immer pünktlich.

Als sie mit Jette ins Zimmer kommt, setzt sie sich gleich neben mich. »Habt ihr alles geklärt?«

Jetzt weiß ich, warum sie zu mir 14 Uhr gesagt hat. Sie hat eine neue Jeans an, die bestimmt zwei Nummern kleiner ist als ihre alte.

»Du bist echt dünner geworden.«

»Ja«, Frieda guckt stolz an sich herunter, »eigentlich wollte ich nur schneller laufen können, aber jetzt sieht das auch noch besser aus.«

Jette nickt anerkennend. »Viel besser. Was wollen wir denn heute bereden?«

»Euren Zickenkrieg. Florian Hoffmann hat gesagt, dass er das Gefühl hat, in der Mannschaft gäbe es zu viel Streit. Er hat gemerkt, dass ihr nicht mit Paula klarkommt, und mich gebeten zu schlichten.«

Jette und ich antworten im Chor: »Aber wir ...«

Frieda hebt die Hand. »Ihr müsst nicht gleich antworten. Das Problem ist, dass Mela nichts mit Paula zu tun haben will. Lucie als Schwester und du, Jette, ihr schlagt euch immer auf Melas Seite und dann gibt es zwei Gruppen. Ihr gegen Paula, Johanna, Kathi und Marie. Ich hänge mit den anderen Ersatzspielern dazwischen, das ist doch blöd. Also, was machen wir?«

»Ich kann ja mal mit Mela reden.« Schon während ich das sage, hoffe ich, dass mein Vorschlag abgelehnt wird.

»Das bringt gar nichts.«

Danke, Frieda.

»Sie wollte noch nicht mal mitkommen. Sie hat gesagt, du wärst ihr total egal, solange sie dich nicht sieht.«

»Mela ist der Meinung, dass Paula ihr Julius ausgespannt hat.« Jette wickelt eine Haarsträhne um den Finger und sieht mich an. »Sie hat gesagt, dass du gewusst hast, dass sie mit ihm zusammen ist, ihr hättet euch mal im Schwimmbad getroffen. Und dass du ihn trotzdem angebaggert hast.«

»So ein Quatsch! Ich fand ihn am Anfang total bescheuert. Und sie waren doch gar nicht richtig zusammen. Sagt Julius. Aber es ist jetzt ja auch egal. Was soll ich denn jetzt tun? In der AG aufhören?«

»Sei doch nicht gleich eingeschnappt. Jette, du musst mit Mela reden, auf dich hört sie.«

»Kann ich machen. Mela will aber auch nicht aufhören.« Jette schaut ratlos in die Runde.

Schwer ausatmend antwortet Frieda: »Es soll überhaupt niemand aufhören. Jette, du kannst doch mal versuchen, Mela und Lucie in den Griff zu kriegen. Sie sollen ja nicht mit Paula in die Ferien fahren, aber sie können sich doch zusammenreißen. Und du, Paula, du auch. Sei ein bisschen sanfter und starre Mela nicht gleich so böse an, wenn sie mal was sagt.«

»Ich starre doch gar nicht …«

»Siehst du.« Jette klapst auf meine Schulter. »Habe ich doch gesagt. Das merkst du gar nicht.«

Was die bloß alle mit meinen Blicken haben?

Vor der Tür kracht irgendetwas auf den Boden. Dann eine schrille Stimme: »Jette, verdammt, was hast du mit meinen Kosmetiktüchern gemacht?«

Jette guckt irritiert zur Tür und ich versuche, sanft zu gucken.

»Du, Jette, ich muss dir was sagen.«

Schlusspfiff

Der Parkplatz vor der Alsterdorfer Sporthalle ist brechend voll, mein Vater muss fast zehn Minuten Runden fahren, um das Auto abzustellen.

»Habt ihr gewusst, dass es in Hamburg so viele Schulhandball-Mannschaften gibt? Wie oft müsst ihr denn spielen?« Mein Vater sieht mich im Rückspiegel an.

Ich beobachte einige Mädchen, die in gelben Trainingsanzügen aus einem Bus klettern. Das könnten schon unsere Gegner sein, das Alter kommt hin, die sehen aber richtig professionell aus. Allein diese Anzüge, jetzt kann ich die Aufschrift entziffern: Wandsbek, ja, das sind unsere Gegner. Und die sind so groß!

»Paula!« Meine Mutter dreht sich zu mir um. »Papa hat gefragt, wie oft ihr spielen müsst.«

»Wie? Ach so. Wir haben drei Vorrundenspiele; wenn wir weiterkommen, noch ein Spiel, und wenn wir das auch noch gewinnen, dann noch das Finale.«

»Also fünf.«

»Ich glaube eher drei. Wir kommen bestimmt nicht weiter, wir spielen ja erst fünf Monate zusammen.«

Mein Vater schließt den Wagen ab und dreht sich zu

mir um. »Auf Turnieren gibt es immer Überraschungen, warte ab. Also dann, toi, toi, toi.«

»Danke.« Ich schultere meine Sporttasche und mache mich auf den Weg zum Eingang, während meine Eltern mit Anton zur Tribüne abbiegen. Die Zuschauertribüne wird voll.

Im Foyer der Halle drängeln sich Spieler und Lehrer, überall liegen Sporttaschen und Ballnetze. Mein Herzschlag beschleunigt sich, ich freue mich so dermaßen darauf, hier gleich zu spielen.

»Paula!« Kathis Stimme röhrt unverkennbar durch den Krach. »Hier sind wir!«

Florian Hoffmann steht in der Mitte unserer Truppe und füllt ein Formular aus. Er sieht kurz hoch und hakt etwas ab. »Paula. Gut, dann fehlen nur noch die Zwillinge, ach, da kommen sie schon! Hallo Mela, hallo Lucie, so, dann mal los, wir gehen in die Kabine, wo ist die denn? Ach da, da hängt das Schild, Gymnasium Marienthal, Kabine 5. Habt ihr alles? Gehen wir.«

FH läuft vor, Marie stößt mich in die Seite. »Jetzt wird es ernst. Was machen deine Nerven?«

»Ein bisschen aufgeregt, es geht. Wieso?«

»Weil Jette gleich kollabiert, Johanna ganz grün im Gesicht ist, Kathi sich schon selbst anfeuert und Herr Hoffmann total nervös wird. Das kann ja was werden.«

»Und was ist mit dir?«

»Ich? Ich bin die Ruhe selbst. Wir haben gerade eben die Wandsbeker und die Truppe aus Hohenfelde gesehen. Die sind beide in unserer Gruppe. Alle locker zwei Köpfe größer als ich, super durchtrainiert und tierisch motiviert. Entweder hauen die uns richtig weg oder du spielst sie schwindelig. Ich bin nur froh, dass ich so schnell bin. Ich komme wenigstens weg.« Marie kichert ein bisschen irre. Klingt nicht richtig gut.

Florian Hoffmann wartet an der Kabinentür, bis wir alle auf den Bänken sitzen.

»So«, sagt er und schließt die Tür. Sofort ist es ruhig. »Alle fit?«

Johannas Kichern klingt nervös, der Rest schweigt. Er sieht uns alle der Reihe nach an und lehnt sich an die Wand. »Jetzt atmen wir mal alle durch. Es kann uns überhaupt nichts passieren, uns hat doch niemand auf dem Zettel. Marienthal hat seit sieben Jahren keine Mädchenmannschaft zu diesem Turnier geschickt. Die denken alle, wir können nichts, sie werden sich wundern.«

Lucie beugt sich vor. »Die anderen sehen aber alle so gut aus. Habt ihr die Wandsbeker gesehen? Die sehen aus wie Profis, da kriegt man ja schon Schiss vom Gucken.«

»Das Gymnasium Wandsbek ist Titelverteidiger, das ist auch bestimmt die beste Mannschaft, sie haben fünf oder sechs Vereinsspieler dabei. Sie sind aber nicht in unserer Gruppe, wir spielen höchstens im Finale gegen sie.«

»Ha, ha, ha!« Kathi knetet ihre Finger. »Mir wird schlecht. Meine Eltern gucken sogar zu.«

Herr Hoffmann stößt sich von der Wand ab und geht zu zwei großen Tüten, die neben der Tür stehen. »Hör auf zu spinnen, Kathi. Die kochen auch alle nur mit Wasser. Und sie sehen auch nur so gefährlich aus, weil sie diese gelben Trainingsanzüge tragen. Das kann uns egal sein, unsere sind rot.«

Jede bekommt einen knallroten Anzug, die Jacke hat eine Kapuze, auf dem Rücken steht mit schwungvoller Schrift: ›Marienthal Mädels‹. Die Anzüge sind einfach sensationell!

In der Kabine ist es jetzt genauso laut wie im Foyer.

»Frieda, dein Anzug ist zu groß, aber es sieht toll aus.«

»Hat jemand ein rotes Haarband dabei? Ich kann doch kein pinkes nehmen.«

»Jette, du ziehst die Jacke im Tor doch sowieso aus, dein Torwarttrikot ist gelb.«

»Gelb? Seid ihr irre? Wo sind die Trikots denn?«

»Ruhe, bitte!«

»Paula, kann das sein, dass du meine Hose anhast? Guck doch mal, meine geht nur bis zu den Knöcheln, die passt dir.«

»Seid doch mal ruhig! Hallo!«

»Wo sind denn jetzt die Trikots? Die habe ich noch gar nicht gesehen. Hast du schon die kurze Hose an?«

»Johanna, Paula, Kathi!« FHs Stimme durchdringt den Lärm. »Setzt euch hin, ich bin noch nicht fertig.«

Der Krach verebbt, ich hüpfe noch einbeinig durch die Kabine, um die Hose mit den kürzeren Beinen anzuziehen.

»Paula, pass auf, dass du nicht stürzt, nicht dass du dir schon vor dem ersten Gruppenspiel die Knochen brichst. Also, weiter. Die Trikots sind dahinten im Koffer, jede kennt ja schon ihre Rückennummer, Marienthal spielt immer blau-weiß, Hosen blau, die habt ihr hoffentlich schon an, Hemd weiß. Könnt ihr euch gleich nehmen. So. Wir spielen in der Gruppe gegen folgende Mannschaften.« Florian Hoffmann liest von einer Liste ab. »Erstes Spiel gegen Altona, das zweite gegen Hohenfelde, das dritte gegen Uhlenhorst. Die stärkste Truppe sind die Hohenfelder, die anderen können wir schlagen. Für einen Sieg gibt es drei Punkte, für ein Unentschieden einen, für eine Niederlage natürlich nichts. Die Differenz zwischen den geworfenen und eingefangenen Toren zählt auch, die Spielzeit beträgt zwei mal zehn Minuten. Noch Fragen?«

»Ja.« Johanna ist sehr blass. »Blamieren wir uns hier?«

»Was?« Grinsend lehnt sich unser Trainer wieder an die Wand. »Blamieren? Im Leben nicht. Wir werden es allen zeigen. Nach nur einem halben Jahr so ein tolles Team, die werden sich umgucken. Los, Marienthal Girls, warm machen und Tore werfen!«

Der Schlusspfiff gellt durch die Halle und Florian Hoffmann tanzt auf der Seitenlinie. Ich schaue zur Toranzeige: Marienthal 6 : Altona 2. Wir haben tatsächlich das erste Spiel gewonnen. Kathi und Marie reißen ihre Arme hoch, Lucie springt auf Frieda zu, auf der Tribüne entdecke ich Frau Schröder, die wie verrückt applaudiert.

»Gut.« Mela steht plötzlich neben mir. »Du hast alle Tore geworfen. So haben wir wenigstens gewonnen.«

»Du hast doch auch zweimal fast getroffen. Das war doch klasse.«

»Aber eben nur fast. Gegen dich kommt ja keiner an. Na ja.«

»Melanie!« Plötzlich steht Frieda zwischen uns. »*Wir* haben gewonnen. Ohne Anspiele kann Paula auch keine Tore werfen. Und Jette hat super gehalten.«

Verschnupft antwortet Mela: »Sie hat drei Alleingänge gemacht, hat sich hinten den Ball abgefangen und alles selbst gemacht. Und zwei Siebenmeter.«

»Jetzt ist es …«

»Alles in Ordnung? Ihr habt toll gespielt. Alle!« Florian Hoffmann legt Mela die Hand auf die Schulter. »Klasse, wie du die Siebenmeter rausgeholt hast. Ganz prima. Ach, Lucie, warte mal …«

Nach einem kurzen Blick lässt er uns stehen.

»Entschuldigung.« Vier Mädchen kommen auf uns zu, drei davon in den gelben Trainingsanzügen. Wandsbek. Die Titelverteidiger. Frieda mustert sie von oben bis unten.

»Ja?«

Die Größte von ihnen beugt sich etwas verlegen zu uns. »Sagt mal, ist euer Trainer Florian Hoffmann? Aus Göppingen?«

Mela und ich antworten im Chor: »Ja, wieso?«

»Echt? Das ist ja irre. Wie ist er denn so? Können wir ihn nach Autogrammen fragen? Was macht er denn für ein Training?«

»Marienthal! Kommt! Wir gehen auf die Tribüne. Alle!«

Frieda lächelt die Gelbe freundlich an. »Streng ist er. Hörst du ja. Aber sonst ... Ja, Florian, wir kommen!«

Lässig winken wir ihnen zu, dann frage ich Frieda: »Florian? Duzt du ihn etwa?«

»Quatsch. Psychologie. Sein Glanz färbt ab. Die kriegen Schiss.«

Die Tribüne ist voll. Neben den Mannschaften, die gerade, so wie wir, Spielpause haben, sitzen alle möglichen Zuschauer da. Johanna sieht sich um. »Komisch, Julius und Thorben wollten eigentlich auch zugucken. Hast du sie schon gesehen?«

Leider nicht. Dabei gucke ich schon die ganze Zeit.

»Die kommen schon noch«, sage ich.

»Wie lange haben wir denn noch Pause?«

»Noch über eine halbe Stunde. Jetzt spielen erst

die Gruppen drei und vier. Ich gehe mal mein Wasser holen und dann wieder zu den anderen.«

Unsere Kabine war hinter der dritten Tür links, ich bin ganz sicher, trotzdem höre ich schon früher die Stimmen von Mela und Lucie und bleibe stehen.

»Du hast fast ein Tor geworfen, Mela, und Paula hat dich auch ein paar Mal gut angespielt.«

»Paula, Paula, Paula. Ich kann es einfach nicht mehr hören.«

Eigentlich sollte ich weitergehen, aber Lucies Stimme zwingt mich, dazubleiben.

»Ich kann dein Gezicke auch nicht mehr hören. Ich weiß echt nicht, was mit dir los ist. Du maulst nur noch rum, so toll ist Julius nun auch wieder nicht.«

Hast du eine Ahnung!

»Er ist toll.«

Da bin ich doch mit Mela tatsächlich mal einer Meinung.

»Und wenn Paula da nicht reingefunkt hätte, wäre ich jetzt auch mit ihm zusammen.«

»Du hast doch einen Vogel. Ich gehe jetzt nach oben, kommst du mit, oder was?«

»Ich wünschte, dass Paula sich die Beine bricht. Wir können auch ohne sie spielen.«

»Mela, du bist total durchgeknallt. Mir ist das zu blöd.«

Gerade eben schaffe ich es noch, um die Ecke zu huschen, bevor die Tür aufgeht. An die Wand gepresst und mit angehaltener Luft schiele ich den Zwillingen hinterher.

»Na, Paula? Spionierst du die Konkurrenz aus?«

Schnell atme ich aus. »Hallo Julius. Wir haben das erste Spiel gewonnen.«

»Habe ich schon gehört. Und wem spionierst du jetzt nach?«

»Niemandem. Aber wenn Mela und Lucie so laut hinter der Klotür reden, muss ich das ja hören.«

»Und?«

»Nichts weiter. Mela will mir die Beine brechen und eigentlich hast du die Schuld.«

Bin ich jetzt eine Petze? Und wenn schon.

»Ich muss wohl doch mal mit Mela was klären. Ich gehe sie mal suchen.« Julius sieht entschlossen aus.

Fühlt sich der Magen eigentlich immer so stachelig an, wenn man eifersüchtig ist? Was will er denn mit ihr klären?

»Dann geh sie mal suchen. Ich muss sowieso auf die Tribüne.«

Obwohl er komisch guckt, gehe ich sehr lässig an ihm vorbei.

Bewaffnet mit dem üblichen Notizblock und einem Stift verfolgt Frieda konzentriert das Spiel, das gerade läuft. Wandsbek gegen Barmbek.

»Und?«

Sie deutet nur stumm auf die Anzeigetafel. Unsere gelben Freundinnen führen 8:1.

»Armes Barmbek. Die kriegen ja eine richtige Klatsche. Hast du Mela gesehen?«

»Nein.« Ihr Stift fliegt über das Papier, die Klaue lässt sich nicht entziffern.

»Hi«, Jette lässt sich neben Frieda fallen und sieht ihr über die Schulter, »was wird denn das?«

»Ach, jetzt lasst mich bitte mal einen Moment in Ruhe. Geht doch eine Reihe weiter.«

Langsam stehen wir auf und setzen uns um. Jette sieht kurz aufs Spielfeld, dann weiten sich ihre Augen. »Was ist das denn?«

Julius und Mela? Hand in Hand? Küssend?

»Wo?«

»Du brauchst doch nicht gleich aufzuspringen. Da drüben, neben dem Aufgang, da sitzt meine Schwester. Neben meinem Vater.«

»Ach so. Was? Echt?«

Sie wird ganz blass. »Du Schande. Und wir spielen gleich. Dann sehen die das ja.«

»Das können sie doch. Komm, Jette, du hast gerade eben so gut gehalten. Und das zweite Spiel wird noch einfacher. Du wirst die total beeindrucken.«

»Mir ist schlecht. Komm, Herr Hoffmann winkt uns schon ran.«

Zur Halbzeit hat die Nummer sechs von Hohenfelde schon vier Tore geworfen, wir noch keins. Sie rennen uns einfach über den Haufen, meine Mitspieler laufen völlig frustriert über den Platz. Florian Hoffmann winkt mich an die Seitenlinie. »Paula, schnell. Pass auf, die Nummer drei ist unsicher, versuche, ihr den Ball abzunehmen und zusammen mit Marie schnell nach vorn zu kommen. Und guck auf Mela, die steht so oft frei. Und kreuze mal mit Kathi, komm jetzt, ich will Tore sehen.«

Ich hole tief Luft, wo ist die Drei, da, ich kriege den Ball, Marie rennt los, ich mit, Ball zurück, 1 : 4.

Hohenfelde verliert den Ball, Kathi fängt ab, auf mich, ich sehe Mela, die dreht, Foul, Siebenmeter. Ich stehe am Punkt. Pfiff. 2 : 4.

Frieda wird eingewechselt, läuft sofort zu Jette und sagt: »Nummer sechs wirft nur oben links.«

Nummer sechs hat den Ball, tippt, springt hoch, Jette bleibt stehen, fängt oben links.

Ich renne los, bekomme den Ball von Jette, zwei Schritte, Sprung, 3 : 4.

Wieder Nummer sechs. Jette sieht ihr entgegen, wieder oben links, wieder gehalten.

Marie steht ganz allein vor dem gegnerischen Tor, bekommt den Ball von Jette, dreht sich blitzschnell, wirft, 4 : 4. Schlusspfiff.

Und ich sehe, dass Jettes Schwester auf der Tribüne steht und klatscht.

»Großartig!« Florian Hoffmann strahlt über das ganze Gesicht. »Das war eine Aufholjagd, klasse, das habt ihr alle ganz toll gemacht. Mensch, Jette, du hast die Sechs ja fertiggemacht.«

»Wie lange ist jetzt Pause?«, fragt Kathi, die mit knallrotem Kopf sofort zur Wasserflasche greift.

»Es ist nur ein Spiel dazwischen. Wir bleiben gleich hier unten. Die Uhlenhorster sitzen übrigens dahinten in der Ecke.«

»Wo?« Marie dreht sich nach links. »Ach du Schande, sind das die in den schwarzen Trainingsanzügen?«

»Nein, die sind doch älter als ihr. An der anderen Seite, vor dem Ausgang.«

Sie haben bunt gewürfelte Klamotten an und ihre Trainerin starrt unverhohlen zu uns rüber.

»Wieso guckt die denn so?« Lucie starrt zurück. »Die haben ja noch nicht einmal richtige Trainingsanzüge.«

Jetzt setzt sich die Trainerin in Bewegung und kommt langsam auf uns zu.

»Lucie, sei nicht so eingebildet, unsere Trainingsanzüge sind eine Spende. Friedas Vater hat die bezahlt, habe ich das nicht gesagt?«

»Was?«, fragt Frieda überrascht. »Echt?«

»Hallo, darf ich mal stören?« Unsere gegnerische Trainerin steht jetzt vor uns. »Wir spielen gleich gegeneinander. Mein Name ist Dagmar Müller. Herr Hoffmann, ich habe gehört, dass Sie als Sportlehrer in Marienthal sind, ich freue mich, Sie kennenzulernen, ich war immer ein Fan von Ihnen.«

Mela kommt in dem Moment um die Ecke, als die beiden sich die Hände schütteln.

»Hallo Frau Müller«, sagt sie erstaunt.

»Mela, grüß dich, das war ja ein gutes Spiel gerade eben.« Schnell wendet sie sich wieder Florian Hoffmann zu. »Ich trainiere die B-Jugend vom HTV, darüber wollte ich nachher mit Ihnen sprechen. Haben Sie später mal eine halbe Stunde Zeit?«

»Klar, nach dem Spiel oben auf der Tribüne?«

»Gern, dann bis nachher. Und ein gutes Spiel gleich.«

Sie nickt uns zu und geht wieder zu ihrer Mannschaft zurück. Frieda sieht ihr nach und fragt: »War das jetzt Ablenkung?«

»Quatsch«, antwortet Mela, »Frau Müller ist ganz nett. Ich wusste gar nicht, dass sie auch Schultrainerin ist. Sag mal, dein Vater hat uns echt die Anzüge geschenkt?«

Frieda guckt Florian Hoffmann an. »Keine Ahnung. Herr Hoffmann, stimmt das?«

»Ja«, antwortet er, »ich dachte, das wüsstest du. Aber du wolltest noch was anderes erzählen, oder? Und danach steht ihr auf, nicht dass ihr ganz kalt werdet. Wir spielen gleich.«

»O.k.«, Frieda greift nach ihrem Notizblock und stellt sich in die Mitte, »Uhlenhorst hat gegen Altona verloren. Der Torwart hält oben überhaupt nichts. Sie haben nur eine gute Spielerin, die Nummer vier, wenn man der zu nahe kommt, gibt sie sofort auf, die spielt auf deiner Seite, Kathi, du musst ihr nur auf die Pelle rücken. In der Abwehr kommt niemand nach vorn, Paula, wenn du an der Neunmeterlinie hochspringst, hast du völlig freie Bahn. Die außen sind ziemlich langsam, Marie und Lucie können denen so weglaufen …«

Frieda hat sich wirklich alles aufgeschrieben. Als sie fertig ist, herrscht Ruhe. Dann fragt Johanna verblüfft: »Woher weißt du das denn alles?«

»Ich habe mir die Spiele angesehen. Man muss doch seinen Gegner kennen. Aber es reicht ja, wenn es eine macht.«

Florian Hoffmann grinst und schnappt sich seine Tasche. »Alles klar? Dann los, ihr wisst jetzt, was zu tun ist. Frieda will gewinnen!«

Frieda gewinnt tatsächlich. Wir schlagen die Uhlenhorster 7 : 0, weil Frieda mit allem recht hat. Die Nummer vier fängt nach fünf Minuten keinen Ball mehr, der Torwart lässt jeden Ball durch und zur Krönung trifft Frieda selbst zweimal.

Als wir begeistert vom Spielfeld kommen, steht Friedas Vater neben Florian Hoffmann.

»Ich hoffe, das kommt von den Trainingsanzügen. Das sah ja schon aus wie ein richtiges Handballspiel.«

»Papa, das *war* ein richtiges Handballspiel«, antwortet Frieda geduldig, während sie sich ihre Jacke überzieht.

»Ja, ja, natürlich. Gut gemacht, Frieda, sehr gut gemacht.«

Während die Turnierleitung die Spielergebnisse ausrechnet, sitze ich mit Julius auf der Tribüne. Ich traue mich nicht, ihn zu fragen, was er mit Mela beredet hat, zum Glück fängt er selbst an.

»Mela hat da was falsch verstanden«, beginnt er, »ich habe ihr gesagt, dass ich sie sehr nett finde, aber dass ich gar nichts von ihr wollte. Und dass du gar nichts dafür kannst.«

Das wird sie ihm auch gerade glauben.

»Und dann habe ich ihr noch gesagt, dass Thorben sie ganz toll findet.«

»Thorben?«

»Ja, das merkt man doch.«

Ja? Ich natürlich nicht. Ich muss mehr auf so was achten.

Die schönsten grünen Augen auf der Welt sehen mich an. Ganz lange. Ein kleiner Schauer läuft mir vom Nacken den Rücken runter und wieder zurück. Julius' Hand legt sich genau auf die Stelle, an der der Schauer wieder ankommt. »Ich wollte dir noch sagen, dass du nicht nur die beste, sondern auch die schönste Spielerin bist.«

»Iigrizi.«

Meine Stimme ist weg, ich muss mich räuspern. »Ich …«

»Wir sind weiter!« Aufgeregt kommen Kathi und Marie zu uns auf die Tribüne. »Frieda und Herr Hoffmann haben schon gerechnet. Hohenfelde hat gegen Altona nur mit drei Toren Unterschied gewonnen, wir aber mit vier. Jetzt spielen wir im Halbfinale gegen Eppendorf. Ist das nicht irre?«

»Ja!«

Es ist mir egal, was die anderen jetzt gleich denken, ich drehe meinen Kopf zur Seite und küsse Julius. Auf den Mund. Und springe erst danach auf.

Kurz bevor wir aufs Spielfeld gehen, sehe ich im Gang Mela und Thorben. Mela lächelt und hört zu, sie sieht endlich mal gut gelaunt aus. Marie folgt meinem Blick und sagt: »Da hat sich mein Bruder endlich mal getraut.«

»Wieso? Was?«

»Der ist doch in Mela verknallt. Er hat sogar mit ihnen trainiert, dabei ist er im Verein Torwart und braucht gar kein Zusatztraining. Jungs sind doch echt bescheuert. Anstatt sie mal anzuquatschen, rennt er dreimal die Woche neben ihr durch die Gegend.«

Und ich kriege nie was mit.

Wir stellen uns an der Mittellinie auf, uns gegenüber stehen die Spielerinnen aus Eppendorf, die uns ungerührt mustern. Ganz links beugt sich die Nummer zwei zur Nummer elf und sagt. »Das sind Anfänger, das Einzige, was gut ist, ist der Trainer.«

Es ist ihr egal, dass wir das hören. Kathi guckt mich vielsagend an, ich winke beruhigend ab.

Mela steht neben mir. Jetzt ist die Gelegenheit.

»Und? Alles klar?«

Ihr Blick ist ausdruckslos. »Sicher, konzentriere dich lieber aufs Spiel, ich will diese arroganten Ziegen schlagen.«

Und dann geht es los. Sie unterschätzen uns, das ist gut, nach fünf Minuten führen wir 2:0. Jetzt werden sie wach. Und sie foulen. Sobald ich den Ball habe, schlägt mir eine auf den Arm oder ins Kreuz. Sie stellen Mela ein Bein am Kreis, die stürzt, tut sich dabei weh, bekommt einen Siebenmeter, ich treffe, 3:0.

Jetzt werden sie richtig sauer, Frieda wird so am Arm gerissen, dass die Nummer elf zwei Strafminuten bekommt. Die Wut bringt Energie. Sie fangen zwei Bälle ab, Nummer zwei trifft zweimal hintereinander. 3:2.

Der Schiedsrichter pfeift gar nicht mehr alle Fouls, mir tut schon alles weh, Lucie blutet am Oberarm. Florian Hoffmann regt sich auf der Auswechselbank auf. »Das musst du doch pfeifen, das war Foul. Bist du blind?«

Er bekommt eine Gelbe Karte, weil er den Schiedsrichter beschimpft.

Nummer elf darf wieder rein, erwischt den Ball, rennt mich fast um, schubst Johanna weg und wirft aufs Tor. 3:3. Keine Chance für Jette. Dabei war das vorher Stürmerfoul, das hätte gar nicht zählen dürfen. Die Elf trottet an mir vorbei und grinst. »Ihr habt keine Chance, ihr Anfänger, jetzt geht es erst los.«

Johanna rappelt sich mit schmerzverzerrtem Gesicht auf und bekommt noch einen Schubser von der Fünf, die sie dabei provozierend anlächelt. Jetzt kriege ich die Wut. Kathi merkt das, spielt mir schnell den Ball zu, ich bin noch zu weit vom Tor weg, egal, mit aller Kraft springe ich hoch und ziehe den Wurf durch. 4:3.

Wieder die Eppendorfer, jetzt im Angriff. Nummer elf steht genau vor mir, ich reiße die Arme hoch, sie guckt und holt aus. Dann wird alles schwarz.

Ich sehe zuerst Florian Hoffmann, der sich über mich beugt, dann Mela. Jemand hält meine Beine hoch, auf meiner Stirn liegt ein nasser Lappen. Mir ist schlecht.

Es ist alles wie im Film. Meine Mutter ist plötzlich da, eine Frau im weißen Anzug, ich liege auf einer Liege, die Frau redet etwas von Krankenhaus. Langsam kann ich wieder denken.

»Mama, nicht ins Krankenhaus, es geht schon wieder. Wir müssen weiterspielen.«

Meine Mutter drückt mich wieder zurück. »Du bleibst liegen, sie spielen ohne dich weiter. Wir fahren jetzt ins Krankenhaus zum Röntgen, du warst doch richtig weg.«

Jetzt muss ich doch heulen. Ich weiß noch nicht mal, wie es steht.

Gehirnerschütterung, haben sie gesagt, nicht weiter schlimm, aber ich muss über Nacht im Marienkrankenhaus bleiben. Falls Komplikationen auftauchen. Meine Mutter ist losgefahren, um mein Waschzeug zu holen, und ich liege jetzt hier rum. Mein Kopf tut mir weh und ich will nach Hause. Diese blöde Nummer elf. Jetzt ist das Turnier bestimmt schon zu Ende.

Die Tür öffnet sich und Schwester Britta kommt rein. »Paula, Besuch für dich.«

Sie stellt mein Kopfteil hoch und ich sehe Florian Hoffmann und Mela vor meinem Bett stehen. Mela ist ganz verheult.

»Ach du Schande, ihr habt verloren?«, frage ich.

»Paula, es tut mir so leid.« Mela hat Tränen in den Augen und schnüffelt laut. »Ich wollte das ja gar nicht, aber ...«

Florian Hoffmann hat irgendwas hinter seinem Rücken versteckt und klopft Mela mit der linken Hand unbeholfen auf die Schulter. »Jetzt beruhige dich mal. Nein, Paula, wir haben die Eppendorfer noch mit 5 : 3 geschlagen. Der Schiedsrichter hat nach deinem Foul endlich mal vernünftig gepfiffen. Die Nummer elf ist wegen Motzen vom Platz geflogen, Jette hat wie ein Teufel gehalten und zum Schluss hat Mela noch ein Supertor geworfen. Da war die ganze Wut auf die Elf drin.«

»Echt? Und dann?«

»Dann?« Er zieht einen kleinen Pokal hinter seinem Rücken hervor. »Dann haben wir gegen Wandsbek im Finale gespielt. Aber leider knapp verloren.«

Vorsichtig setzt Mela sich auf meine Bettkante.

»Da hast du natürlich gefehlt. Ohne dich können wir gegen solche Mannschaften ja gar nicht gewinnen. Keine Chance.«

»Wie viel?«

»Oh, Wandsbek hat mit 9:3 gewonnen. Aber wir haben als Zweiter trotzdem diesen Pokal hier bekommen.« Florian Hoffmann stellt ihn auf meinen Nachttisch. »Aber wir haben uns tapfer geschlagen. Mela, Johanna und Marie haben die Tore geworfen. Ich muss noch mal zum Auto, Mela, wir haben die Blumen für Paula vergessen.«

Mela wartet, bis sich die Tür hinter ihm geschlossen hat, dann sieht sie mich an und holt tief Luft. »Ich habe so ein schlechtes Gewissen. Ich hatte so eine Wut auf dich und habe mir gewünscht, dass du dir die Beine brichst, damit du nicht mitspielen kannst. Ich komme mir ganz schlecht vor.«

»Wieso? Ich habe mir die Beine doch gar nicht gebrochen.«

»Ach, Paula. Bist du jetzt sauer auf mich?« Sie hockt ganz elend auf meinem Bett.

»Quatsch. Du hast doch gegen die blöden Eppendorfer sogar noch ein Tor geworfen. Sonst wäre es schlimmer. Und gegen Wandsbek hätten wir auch verloren, wenn ich mitgespielt hätte, die sind einfach gut. Zaubern kann ich ja auch nicht.«

»Paula, ich ...«

»Weißt du was?« Ich sitze jetzt ganz aufrecht, mir ist überhaupt nicht mehr schwindelig. »Wir vergessen das jetzt mal. Eigentlich finde ich dich ja ganz nett. Das waren eben alles Missverständnisse.«

Sie nickt und greift nach dem Pokal. »Und nächstes Jahr gewinnen wir das Turnier.«

Hi Ellen,
das ist ja echt cool, dass ihr zum Weihnachtsmarkt nach Hamburg kommt, ich muss auch noch dringend Geschenke kaufen, das können wir ja dann zusammen machen.
Hast du gewusst, dass man nach einer Gehirnerschütterung nur zwei Wochen Sportpause machen muss? Ich hatte gedacht, das dauert länger, jetzt bin ich ganz froh, so verpasse ich überhaupt nichts, sondern bin nach den Ferien wieder fit. Und jetzt kommt die Überraschung:
Ich trete nämlich doch beim HTV ein, das ist alles total irre. Die Trainerin, Dagmar Müller, hört da nämlich auf, weil sie die Damenmannschaft übernimmt, und hat Florian Hoffmann gefragt, ob er nicht ihre B-Jugend übernehmen will. Er hat uns gesagt, er macht es nur, wenn wir alle mitkommen, er hätte sich so an uns gewöhnt. Zufällig hatte er gleich Anmeldeformulare dabei. Tja, und jetzt geht die ganze Handball-AG in den Verein. Alle, auch Frieda und Jette. Frieda hat übrigens eine Zwei in Sport bekommen. Das ist auch kein Wunder, du hättest sie mal auf dem Turnier sehen sollen, ohne ihre Taktik und Notizzettel wären wir wohl nicht Zweiter geworden.

Vor ein paar Tagen war ich mit Julius, Thorben und Mela im Kino. Ich könnte wetten, dass Thorben Melas Hand gehalten hat. Als ich sie hinterher gefragt habe, ist sie rot geworden und hat den Kopf geschüttelt. Ich glaube, dass da bald was passiert.
Der Hammer war ja wohl, dass uns nach dem Kino Florian Hoffmann entgegenkam. In Begleitung. Und jetzt rate mal, mit wem, aber da kommst du nie drauf. Mit Silvia, weißt du, Jettes Schwester. Die hat er beim Turnier kennengelernt. Jette hat erzählt, dass sie sich ein paar Mal getroffen haben und dass Silvia sich total verändert hat. Sie hat Jette zum Geburtstag ein Abo von der »Handballwoche« geschenkt und gesagt, dass sie richtig stolz auf Jette ist. Und wenn sie von Florian Hoffmann redet, wird sie rot. Nur mit dem Handballspielen will sie nicht anfangen, sie guckt nur zu.
So, das war's, wir sehen uns ja nächste Woche auf dem Weihnachtsmarkt. Ich hole jetzt Frieda vom Geigenunterricht ab und dann wollen wir ein Geschenk für Florian Hoffmann kaufen, wir haben morgen Weihnachtsfeier von der AG. Da sammelt er dann die Aufnahmeformulare und die Passbilder für die Spielerausweise ein. Und dann, Ellen, habe ich endlich wieder einen Verein!
Kuss, Paula